佛系

果 麦 编
胡军军 绘

中国人的生活智慧

陕西新华出版传媒集团
三 秦 出 版 社

軍軍2019

行到水穷处　坐看云起时

撷佛系文学精粹

随手翻阅，一窥中国人的生活智慧

果麦经典 | 出品

一切有为法　如梦幻泡影　如露亦如电　应作如是观

——《金刚经·应化非真分》（鸠摩罗什译）

六朝

进入六朝，中国文学开始受佛学影响。人们开始以佛入诗，或以偈颂赞佛咏法，宣传教义，或寄佛理于山水之间。同时，随着汉译佛经的大量涌现，佛经中的故事、寓言、譬喻也日渐在世俗文学中流行开来。

軍軍 2019

01

空手把锄头，

步行骑水牛。

人从桥上过，

桥流水不流。

——南朝 · 梁 / 傅大士 /《偈》

千年谜偈，有多种解读。此偈引发了人们对空与形、人与物、主与客、动与静的辩证思考。

* 傅大士（497—569）：南朝梁代著名佛学家，维摩禅祖师。本名傅翕，一说傅弘，字玄风，号善慧。又称善慧大士、鱼行大士、双林大士、东阳大士、乌伤居士。东阳郡乌伤县（今浙江义乌）人。一生未曾出家，而以居士身份修行佛道。作诗偈颂文三百多首。有《语录》四卷。

02

艳艳金楼女，

心如玉池莲。

持底报郎恩，

俱期游梵天。

——南朝 · 梁 / 萧衍 /《欢闻歌 · 其一》

《欢闻歌》是古代乐府民歌中的一种，往往以男女情爱为主题，多通过女子口吻来表达。本诗将佛教中象征不染尘埃的莲花同男女之情相结合，是在香艳中求清净。

* 萧衍（464—549）：字叔达，小字练儿。南兰陵（今江苏省常州市武进区）人。公元502年建立南梁，史称梁武帝。萧衍是中国历史上最著名的佛教赞助人，在位期间立佛教为国教，并大力兴建寺院。又改革戒律，禁止僧侣吃肉，中国大乘教派素食传统至此形成。在位四十八年，晚年荒废政务，于侯景之乱中被囚，饿死于建康（今江苏省南京市）台城。萧衍一生博学多才，通音律，能制曲填词，著有诗赋集二十卷，均散佚。明人辑其诗及断句六十八首。

* 艳艳：明媚动人。

* 金楼：以黄金装饰之楼，是对闺阁的美称，也指皇室宫廷。

* 玉池：玉石铺成的池塘，出自张华“照灼此金塘，藻曜君玉池”。

* 莲：《诗经》最先在莲花和女性之间建立起比兴关系，而此处则是借用佛教中莲花清净不染的意象，比喻女子情思纯洁。

* 持底：以此。底，此。

* 梵天：佛教词语，色界诸天之一。佛经记载，梵天众生可以自在控制食色之欲，长受快乐。

03

本篇讲述了波旬魔女诱佛失败的故事。为阻挠悉达多太子成佛，魔王波旬派出三名魔女，百般诱惑悉达多。悉达多不为所动，魔女败退。佛典经过汉译润色，其中的女性描写风格绮艳，一定程度上影响了后世宫体诗的形成。

魔女诣菩提树。在菩萨[1]前，绮言妖姿三十二种媚惑菩萨。

一者扬眉不语。二者褰裳[2]前进。

三者低颜含笑。四者更相戏弄。

五者如有恋慕。六者互相瞻视。

七者掩敛唇口。八者媚眼斜眄[3]。

九者嫈嫇[4]细视[5]。十者更相谒拜。

---

1 菩萨：指成佛之前的释迦牟尼。

2 褰（qiān）裳：提起裙子下摆。

3 眄（miǎn）：斜视。

4 嫈嫇（yīng míng）：神态娇羞。

5 细视：专注地看。

十一以衣覆头。十二递相[1]拈掏。

十三侧耳佯听。十四迎前躞蹀[2]。

十五露现髀膝。十六或现胸臆[3]。

十七念忆昔时恩爱戏笑眠寝之事而示欲相。

十八或如对镜自矜姿态。

十九动转遗光[4]。二十乍喜乍悲。

二十一或起或坐。二十二或时作气似不可干[5]。

二十三涂香芬烈。二十四手执璎珞。

二十五或覆藏项领。二十六示如幽闭。

二十七前却而行瞻顾菩萨。

二十八开目闭目如有所察。

二十九回步直往佯如不见。

三十嗟叹欲事。三十一美目谛视。

三十二顾步流眄[6]。有如是等媚惑因缘。

……

尔时菩萨身如融金[7]，面如满月，深心寂定。如

---

1 递相：互相。

2 躞蹀（xiè dié）：徘徊。

3 胸臆：胸口。

4 动转遗光：指行动间首饰光彩闪烁。

5 干（gān）：停，罢。

6 顾步流眄：频频回眸斜视，目光流转。

7 身如融金：身体像黄金一般闪闪发亮。融，明亮。

须弥山[1]安处不动，犹如明珠无有瑕疵。如日初出照于天下，犹如莲花不染淤泥。心无所著亦无增损。

……

其诸魔女媚惑菩萨既不能得，即以建尼迦花[2]及詹波花[3]散菩萨上，右绕三匝[4]作礼而去。

——《方广大庄严经·降魔品》（地婆诃罗译）节选

1 须弥山：佛教传说中位于世界中央的山。

2 建尼迦花：又译为迦尼迦花、羯尼迦花，即腊肠树的花朵，金黄色，原产于印度、缅甸、斯里兰卡。

3 詹波花：即栀子花。

4 匝（zā）：圈、环绕。

04

十喻以喻空，空必待此喻。

借言以会意，意尽无会处。

既得出长罗，住此无所住。

若能映斯照，万象无来去。

——东晋·后秦/鸠摩罗什/《十喻诗》

鸠摩罗什（343—413）是东晋时期来华的外域高僧，为中国四大佛经译者之首。其父鸠摩罗炎本为天竺人，后为龟兹国师，娶龟兹王之妹为妻，生罗什。鸠摩罗什七岁随母亲出家，游学天竺诸国，博通佛典，闻名西域。382 年，后凉国主吕光灭龟兹，后以龟兹王女妻罗什。385 年，鸠摩罗什被俘至凉州。后凉灭亡后，后秦国主姚兴以国师之礼迎鸠摩罗什入长安，主持译经事业。此后十余年间，鸠摩罗什及其弟子译成《金刚经》《大品般若经》《妙法莲华经》《维摩诘经》《阿弥陀经》等经。鸠摩罗什同时精通梵文、汉语，所译文字优美流畅，对中国佛教发展影响极大，被誉为中国佛教八宗之祖。本作是鸠摩罗什唯一传世之诗。

* 十喻：佛教以幻喻、焰喻、水中月喻、虚空喻、响喻、犍闼婆城喻、梦喻、影喻、镜中像喻、化喻等十种比喻来说明世间万物因缘而生，刹那即灭，是以诸法皆空。

* 长罗：大网，指羁绊。罗，网。

* 住：停留，在佛教中指维持一种安稳存在的阶段。大乘佛教提倡“无住”。

* 映斯照：明白这样的精义，心性如明镜映照无碍。

* 来去：指佛教意义上的“生”与“灭”。

长夜安隐　多所饶益

——《妙法莲华经》

05

连峰数千里，修林带平津。

云过远山翳，风至梗荒榛。

茅茨隐不见，鸡鸣知有人。

闲步践其径，处处见遗薪。

始知百代下，故有上皇民。

——东晋 / 帛道猷 /《陵峰采药触兴为诗》

帛道猷曾栖居沃洲（今浙江省新昌县）云门寺，同名僧道壹诗书往来。本诗即出自二人通信，道猷自述优游山林之乐，并殷勤招道壹同来隐居。诗中“连峰数千里，修林带平津”“茅茨隐不见，鸡鸣知有人”四句被杨慎评为“千古绝唱”。

* 帛道猷（yóu）：东晋诗僧，生卒年不详，一说为南齐时人。山阴（今浙江省绍兴市）人，居若耶溪（今绍兴境内）。本姓冯，东晋至南朝宋时期，佛教初兴，尚无“僧人”一称，出家者通称“道人”，其姓皆从授业之师。道猷以龟兹高僧帛尸梨密多罗为师，故改为“帛”姓。诗多散佚，仅存一首。

* 平津：平坦的大路。
* 翳（yì）：遮蔽。
* 荒榛（zhēn）：草木丛生，荒芜杂乱。榛，草木丛生的样子。
* 茅茨（cí）：茅草屋。
* 百代：形容漫长的岁月。
* 上皇民：太古之时的遗民。上皇，即神话中太古时的“三皇”。

06

《庐山记》是中国文学史上流传最早、最完整的庐山游记作品，开辟了以游踪为主线写山水散文的新模式。本文记叙了庐山的地理位置、得名由来、景色风物以及相关传说，是了解晋宋之前庐山自然景观与人文景观的珍贵资料，曾为郦道元《水经注》所引用。

山在江州浔阳南，南滨宫亭，北对九江。九江之南为小江，山去小江三十里余。左挟彭蠡[1]，右傍通川，引三江之流而据其会[2]。

《山海经》云:“庐江出三天子都，入江，彭泽西。一曰天子障。”彭泽也，山在其西，故旧语以所滨为彭蠡。

有匡续[3]先生者，出自殷、周之际，遁世隐时，潜居其下。或云续受道于仙人，而适游其岩，遂托

1 彭蠡（lǐ）：鄱阳湖的旧称。

2 会：汇。

3 匡续：古代隐士，字君平，一说名俗或作裕，字子孝、君季。传说中为避战乱，隐居庐山，后学道长生。

室岩岫，即岩成馆，故时人谓其所止为神仙之庐而名焉。

其山大岭凡有七重，圆基周回，垂五百里，风雨之所摅[1]，江山之所带。高岩仄宇[2]，峭壁万寻[3]，幽岫穿崖，人兽两绝。天将雨，则有白气先抟[4]，而缨络[5]于山岭下。及至触石吐云，则倏忽而集。或大风振岩，逸响动谷，群籁竞奏，其声骇人。此其化不可测者矣。

众岭中，第三岭极高峻，人之所罕经也。昔太史公[6]东游，登其峰而遐观，南眺五湖，北望九江，东西肆目，若登天庭焉。

其岭下半里许有重岩，上有悬崖，傍有石室，即古仙之所居也。

其后有岩，汉董奉[7]复馆于岩下，常为人治病，

---

1 摅（shū）：播散。

2 仄宇：倾斜狭窄的空间。仄，倾斜而狭窄。宇，空间。

3 寻：古代长度单位，成年男子张开双臂为一寻，长七到八尺。

4 抟（tuán）：盘旋。

5 缨络：缠绕。

6 太史公：此处指西汉历史学家司马迁。公元前 126 年，司马迁曾登庐山考察大禹治水遗迹，并在《史记》中记述此事。这是“庐山”在典籍中的最早记录。

7 董奉：东汉时期的名医，又名平，字君异，侯官（今福建省福州市长乐区）人。少年学医，曾为小吏，后归隐回乡行医。

法多神验，病愈者，令栽杏五株，数年之间，蔚然成林。计奉在人间近三百年，容状常如三十时，俄而升仙，绝迹于杏林。

其北岭两岩之间，常悬流遥霑[1]，激势相趣。百余仞中，云气映天，望之若山有云雾焉。

其南岭临宫亭湖，下有神庙，即以宫亭为号，安侯世高[2]所感化，事在《安侯传》。

七岭同会于东，共成峰崿[3]，其岩穷绝，莫有升之者。昔野夫见人著沙弥服，凌云直上。既至，则踞其峰，良久乃与云气俱灭，此似得道者。当时能文之士，咸为之异。又所止多奇，触象有异。

北背重阜[4]，前带双流，所背之山，左有龙形，而右塔基焉。下有甘泉涌出，冷暖与寒暑相变，盈灭经水旱而不异。寻其源，出自于龙首也。

南对高峰，上有奇木，独绝于林表数十丈。其下似一层浮图，白鹤之所翔，玄云之所入也。

东南有香炉山，孤峰独秀起，游气笼其上，则氤

1 悬流遥霑（zhān）：瀑布从高处落下，远远地也能打湿人衣。霑，沾湿。

2 安侯世高：指东汉时西域来华高僧安世高。安世高出家前为安息国（位于今伊朗高原与两河流域）太子，故来华后被称为安侯。

3 崿（è）：山崖。

4 重阜（chóng fù）：重叠的高山。

氲若香烟。白云映其外，则炳然与众山殊别。将雨，则其下水气涌出如马车，盖此龙井之所吐。其左则翠林，青雀、白猿之所憩，玄鸟之所蛰。

西有石门，其状似双阙，壁立千余仞而瀑布流焉。其中鸟兽草木之美，灵药万物之奇，略举其异而已耳。

——东晋 / 释慧远 /《庐山记》

* 慧远（334—416）：东晋高僧，净土宗始祖。俗姓贾，雁门郡楼烦（今山西省原平市沿沟乡茹岳村）人。二十一岁出家，师事释道安，后辗转徙居庐山，在此讲学传道三十余年，同居于长安的鸠摩罗什分庭抗礼。庐山至此成为南方佛教中心。学问渊博，善属文，曾与陶渊明、谢灵运交往。有集十二卷，多已佚，山水文学仅三篇传世。

07

君不见孤雁关外发，
酸嘶度扬越。
空城客子心肠断，
幽闺思妇气欲绝。
凝霜夜下拂罗衣，
浮云中断开明月。
夜夜遥遥徒相思，
年年望望情不歇。
寄我匣中青铜镜，
倩人为君除白发。
行路难，行路难。
夜闻南城汉使度，
使我流泪忆长安。

——南朝·齐/释宝月《行路难》

南朝僧人诗作今存不多，但其中却有相当数量表达男女相恋相思为题材的“艳诗”。之所以会形成这一独特现象，一方面是因为社会风气崇尚声色，一方面则是受大乘佛教学习一切世间法观念的影响，僧人积极学习乐府民歌作为传法工具，民间歌谣的艳情传统也巧妙融入僧人的创作活动之中。

* 释宝月：南齐诗僧，俗姓康，一说姓庾，先祖为西域康居人，移居中国。闻名于南齐永明年间（483—493）。今存诗五首。

* 酸嘶：悲鸣，哀叹。

* 扬越：古代对百越的泛称，此处指同“关外”相对的“岭南”。

* 倩（qìng）：请。

08

非是无人助，意欲自鸣砧。

照月敛孤影，承风送迥音。

言捣双丝练，似奏一弦琴。

令君闻独杵，知妾有专心。

——南朝·梁 / 慧偘 /《咏独杵捣衣》

捣衣是中国古代一种民俗。在棉纺织品普及之前，普通人大多穿葛、麻之类的粗布衣服。这些织物质地坚韧粗硬，需要先铺在砧板上，用木棒锤软敲平，以方便裁制。捣衣的工作一般由妇女承担，为了节省蜡烛、灯油，一般是选择月光明亮的夜晚，妇女们两两合作，面对面持木槌交替舂打布料。本诗有意将主角设置为独自捣衣的思妇，别有趣味。

* 慧侃（kǎn）：一作惠侃，南梁僧人，一说隋代。生平失考。《全唐诗》录其诗二首。

* 独杵：独自一人捣衣。杵，捣衣的木棒。
* 鸣砧（zhēn）：借助捣衣声来抒发思念之情。鸣，抒发。砧，捣衣石。
* 承：凭借。
* 迴音：回声。
* 双丝练：纹理纵横交错的洁白的熟绢。绢是细布，本不用捣，此处是故意双关，以“双丝练”比“双思恋”。
* 一弦琴：一种古琴，只有一根弦，也称“独弦琴”。此处以“琴”谐音“情”，“一弦”比喻一心一意。
* 专心：专一、专诚之心。

2019

軍軍2019

隋唐五代

当提倡“不立文字”的禅宗遭遇诗的巅峰时代，便碰撞出诗与禅的完美结合。唐代诗僧留下了数量巨大的佛外文学，而士大夫阶层的诗人也接受了禅宗淡泊、宁静的审美情趣，开辟了新的诗歌天地。文学家元好问曾如是概括这一时期文学与禅的关系：“诗为禅客添花锦，禅是诗家切玉刀。”

09

五祖弘忍法师为寻衣钵传人，有意考察众弟子佛法见地，命每人各作一偈，并言能觉悟大意者，当为第六代祖师。

当时神秀和尚为众弟子之首，先成一偈，书于壁上。其偈曰：

身是菩提树，

心如明镜台。

时时勤拂拭，

勿使惹尘埃。

五祖观后曰："未见本性。只到门外，未入门内。"

有一外门弟子，名叫惠能。惠能不识文字，每日在后堂舂米，闻神秀之偈，也口占四句，托人代书示众。其偈曰：

菩提本无树，

明镜亦非台。

本来无一物，

何处惹尘埃。

偈成之后，众人皆惊，相互叹曰："奇哉！不得以貌取人，说不得何时便教他肉身修成菩萨。"

弘忍见状，恐有人暗害惠能，便用鞋擦去惠能之偈，曰："亦未见性。"

众以为然，各自散去。

禅宗传法，最初不著文字，师徒密授，不令人见。弘忍决意传法与惠能，便于次日潜至碓房，见惠能正在舂米，就问：

"米舂好了没？"

惠能随口答道：

"早已舂好，犹欠一筛。"

弘忍举杖在石碓上敲击三下，背身而去。惠能即知其意，便于三更时分潜入禅房，得五祖传法并托付衣钵。

弘忍作偈曰：

有情来下种，

因地果还生。

无情既无种，

无性亦无生。

并于当夜送六祖下山南行。

* 弘忍（601—674）：唐代高僧，俗姓周，蕲州黄梅（今湖北省黄冈市黄梅县）人。被尊为禅宗五祖。

* 神秀（约 606—706）：唐代高僧，俗姓李，汴州尉氏（今河南省开封市尉氏县）人，弘忍的弟子，后创立禅宗北宗。

* 惠能（638—713）：唐代高僧，俗姓卢，新兴（今广东省云浮县新兴县）人，继承弘忍衣钵，创立禅宗南宗，被尊为禅宗六祖。

10

有一次，印宗法师在广州法性寺讲《涅槃经》，大殿所挂经幡被风吹动不止。一僧说风动，一僧说幡动，二人争论不休。当时六祖惠能在座，曰：

不是风动，不是幡动，仁者心动。

举座皆惊。

* 印宗（627—713）：唐代僧人，吴郡（今江苏省苏州市）人，据说是惠能的剃度之师。

* 法性寺：位于今广州西北，始建于东晋。

睡看雲起時
清信士常觀 2019

11

人闲桂花落，

夜静春山空。

月出惊山鸟，

时鸣春涧中。

——唐 / 王维 /《鸟鸣涧》

本诗是王维为友人皇甫岳的云溪别墅所作组诗的第一首。以动示静，以静显动，体现了作者的禅心和禅趣。

* 王维(701—761)：盛唐诗人，山水田园派代表人物。字摩诘，号摩诘居士。河东蒲州（今山西省运城市）人。二十岁中进士，天宝间官拜吏部郎中，安史之乱中被迫接受伪职。唐肃宗时任尚书右丞，世称“王右丞”。王维生活简朴，“一生奉佛，不茹荤血、晚年长斋”，有“诗佛”之称。同时精通音乐与绘画艺术，被奉为中国水墨山水的鼻祖。

* 人闲：人声寂静，指无尘世相扰。

* 时鸣：鸟时而鸣叫。* 涧：小溪。

12

中岁颇好道，晚家南山陲。

兴来每独往，胜事空自知。

行到水穷处，坐看云起时。

偶然值林叟，谈笑无还期。

——唐 / 王维 /《终南别业》

王维中年开始过着亦官亦隐的生活，晚年住到终南山辋川别墅，即诗中所谓的“南山陲”。本诗体现了作者宽广深远的人生境界，人生没有穷途末路，身处绝境之时，亦是新希望的开始。

* 中岁：中年。* 道：这里指佛学。

* 晚：晚年。* 家：安家。

* 胜事：好事，令人开心的事。

* 值：遇到。* 无还期：没有归去的准确时间。

13

木末芙蓉花，

山中发红萼。

涧户寂无人，

纷纷开且落。

——唐 / 王维 /《辛夷坞》

辛夷坞是个风景胜地，位于辋川别墅附近。作者偶游空寂无人的辛夷坞，有感而发。从芙蓉花的生命循环中阐释了自然之道，世间万物有开始即有结束，生命之美在于自满自足，不企求有人欣赏。

* 木末：树梢。
* 芙蓉花：这里指辛夷花。
* 萼：花萼，包在花瓣外面，花开时托着花瓣。
* 涧户：溪谷。户，山涧两崖相向，状如门户。

14

空山不见人，
但闻人语响。
返景入深林，
复照青苔上。

——唐 / 王维 /《鹿柴》

鹿柴（zhài）是辋川别墅附近的风景胜地。柴，通“砦”，用树木围成的栅栏。本诗写空山的空寂清冷。空山人语愈见空山之寂。

* 返景（yǐng）：同“返影”，太阳将落时通过云彩反射的阳光。

15

空山新雨后，天气晚来秋。

明月松间照，清泉石上流。

竹喧归浣女，莲动下渔舟。

随意春芳歇，王孙自可留。

——唐 / 王维 /《山居秋暝》

本诗是作者隐居终南山辋川别墅所作，写初秋时节雨后黄昏的景色。暝，日落时分，天色将晚。

* 竹喧：竹林中笑语喧哗。

* 浣（huàn）女：洗衣服的女子。* 浣，洗涤衣物。

* 随意：任凭。* 春芳：春天的花草。* 歇：消散，消失。

* 王孙：原指贵族子弟，此处指诗人自己。* 留：居。

16

晚年唯好静，万事不关心。

自顾无长策，空知返旧林。

松风吹解带，山月照弹琴。

君问穷通理，渔歌入浦深。

——唐 / 王维 /《酬张少府》

本诗是《辋川集》中的名篇，张少府向半官半隐的王维请教“穷通之理”，王维便以此诗作答，语带机锋，如同偈语。

* 张少府：本名、事迹不详。少府，对县尉的雅称。
* 长策：指优秀的政治策略。
* 空知：徒知。* 旧林：这里指旧日曾隐居之所。
* 解带：表示无拘无束的闲适状态。
* 君：一作“若”。
* 穷通：可理解为官场上的成与败。
* 渔歌：隐士之歌。* 浦深：河岸的深处。

未能行到水穷处
难解坐看云起时

——惟清禅师

17

其一

寒山住寒山，拾得自拾得。

凡愚岂见知，丰干却相识。

其二

见时不可见，觅时何处觅。

借问有何缘，却道无为力。

——唐 / 拾得 /《无题》

拾得是唐代著名僧人，生卒年不详。同另一诗僧寒山相友，存诗一卷，附于《寒山子诗集》。

本诗记叙了拾得与寒山的深厚友谊。

《景德传灯录》记载，天台山国清寺僧人丰干一次外出，遇见一数岁小儿啼哭于道旁，自言是被父母遗弃。丰干便将其带回抚养长大，取名“拾得”。一日，拾得在寺中扫地，寺主问其是否记得姓氏出身，拾得叉手而立，好友寒山和尚却在一旁捶胸连呼“苍天苍天”。

拾得问寒山：“汝作什么？”

寒山曰：“岂不见道，‘东家人死西家助哀’。”

二人作舞，哭笑而出。

18

有一天，寒山问拾得曰：

“世间谤我、欺我、辱我、笑我、轻我、贱我、恶我、骗我，如何处治乎？”

拾得云：

“只是忍他、让他、由他、避他、耐他、敬他、不要理他，再待几年你且看他。”

——《景德传灯录》（节选译文）

* 寒山：唐代诗僧，生卒年不详。少年学儒，未入仕。三十三岁隐居于始丰县（今浙江省天台县）寒岩，自号“寒山”，人称“寒山子”。后学佛，为天台山国清寺隐僧（无僧籍）。存诗三百余首，后人辑为《寒山子诗集》。十世纪前后，其诗传入日本，受到广泛推崇。二十世纪五十年代，寒山诗被译为英文，在欧美流行一时。

19

杳杳寒山道，落落冷涧滨。

啾啾常有鸟，寂寂更无人。

淅淅风吹面，纷纷雪积身。

朝朝不见日，岁岁不知春。

——唐 / 寒山 /《杳杳寒山道》

本诗写寒山道旁高山深壑中的景色，将分散的山、水、风、雪、境、情，组织成一个整体，写景中透出诗人超然世外的冷淡心境。

20

山边水边待月明，

暂向人间借路行。

如今还向山边去，

只有湖水无行路。

——唐 / 灵澈 /《归湖南作》

灵澈一生交游多地，本诗作于前往湖南修行途中，被誉为唐代僧诗殿军之作。

* 灵澈（746—816）：唐代诗僧。俗姓汤，字源澄，越州会稽（今浙江省绍兴市）人。常与刘禹锡、刘长卿、柳宗元等人诗歌唱酬，诗名享誉当时。

2019

21

移家虽带郭，野径入桑麻。

近种篱边菊，秋来未著花。

扣门无犬吠，欲去问西家。

报道山中去，归时每日斜。

——唐 / 皎然 /《寻陆鸿渐不遇》

皎然与陆羽是好友，此诗为皎然某次访陆不遇后所作。

* 皎然：唐代诗僧，吴兴（今浙江湖州市）人。生卒年不详。俗姓谢，自言为南朝诗人谢灵运十世孙。同颜真卿、陆羽等人诗书往来。有《皎然集》十卷。

* 陆鸿渐（约 733—804）：即唐代茶学家陆羽，字鸿渐，复州竟陵（今湖北省天门市）人。陆羽终生不仕，隐居苕溪，潜心茶道，著有《茶经》三卷，是世界上第一部茶学专著，被后世尊为“茶圣”。

* 西家：指邻居。

22

来时无迹去无踪，
去与来时事一同。
何须更问浮生事，
只此浮生是梦中。

——唐 / 鸟窠道林 /《偈》

白居易（772—846）担任杭州刺史时，常参谒鸟窠道林，请教佛法。据《武林西湖高僧事略》记载，白居易曾作偈云："特入空门问苦空，敢将禅事叩禅翁，为当梦是浮生事，为复浮生是梦中？"禅师阅后觉得其领悟得还不到火候，便因其韵作成此偈，以为回答。

* 鸟窠道林（735—833）：唐代高僧，为禅宗牛头宗最后一祖。俗姓潘，初名香光，号道林，富阳（今杭州市富阳区）人。九岁出家，后师从牛头宗国一禅师，得其真传。因见杭州秦望山（一说孤山）有古松枝繁叶茂，盘屈如盖，便常居树上，因此得名“鸟窠禅师”，也被称为“鹊巢和尚”。也是《西游记》中“乌巢禅师”的原型。

* “去与来”句：佛家以“来去”指代“生死”，认为生死一体。

* 浮生：空虚短暂的人生。

附：白居易与鸟窠禅师轶事

唐代元和年间，白居易以侍郎出任杭州刺史，入山谒见鸟窠禅师，见禅师住在树上，因问曰：“禅师住处甚危险。”

师曰：“太守危险尤甚！”

白曰：“弟子身为刺史，镇守一方，何险之有？”

师曰：“荣辱沉浮，勾心斗角，如干柴烈火苦苦相逼，却身在险中而不知其险，岂不是更加危险？”

又问：“如何是佛法大义？”

师曰：“诸恶莫作，众善奉行。”

白曰：“这种道理就是三岁小孩能道。”

师曰：“三岁孩儿虽道得，八十老人行不得。”

23

人人避暑走如狂，

独有禅师不出房。

可是禅房无热到？

但能心静即身凉。

——唐 / 白居易 /《苦热题恒寂师禅室》

元和十年（815）盛夏的一天，白居易造访友人恒寂禅师。天气酷热难耐，而恒寂禅师却打坐诵经如常。白居易颇为感慨，在禅房墙壁题下此诗，表达对禅师的钦佩之情。诗中“但能心静即身凉”后传为“心静自然凉”这一著名谚语。

* 白居易（772—846）：字乐天，号香山居士。贞元十六年（800）进士，授秘书省校书郎。历任左拾遗、左赞善大夫。后得罪权贵，被贬为江州司马。贬谪期间，白居易在庐山修筑草堂，并与当地僧人交往密切。元和十五年（820），被召还长安，后外放为杭、苏两州刺史。

清信士常觀 2019

24

练得身形似鹤形，

千株松下两函经。

我来问道无馀说，

云在青天水在瓶。

——唐 / 李翱 /《赠药山高僧惟俨二首 · 其一》

《宋高僧传》记载，药山惟俨禅师在沣州（今湖南省沣县）药山说法，李翱时任太守，亲往拜谒。二人见面时，惟俨坐在树下手不释卷，并未起身相迎。侍者在旁道："太守在此。"惟俨端坐不动，恍若未闻。

李翱性急，不待禅师作答便云："见面不如闻名。"而后拂袖即走。

惟俨曰："太守为何贵耳贱目？"

李翱回身拱手，问："如何是道？"

惟俨以手指天，又向下指净瓶，曰："云在青天水在瓶。"

李翱心有所悟，写成此诗。

* 李翱（772—841）：唐代大臣、文学家。字习之，祖籍陇西成纪（今甘肃省秦安县）。曾师从韩愈学古文，推进古文运动。

* 惟俨（751—834）：唐代高僧，为曹洞宗始祖之一。俗姓韩，别号药山，绛州（今山西省新绛县）人。

* 青天：一作"青霄"。此句为隐喻，指大道是如同云在青天、水在瓶中一样自然的存在。

25

松下问童子，

言师采药去。

只在此山中，

云深不知处。

——唐 / 贾岛 /《寻隐者不遇》

“寻隐”是唐代诗歌流行主题，名家几乎均有创作。本诗故意写“寻隐不遇”，仍淡定无悔，以此烘托隐者的高致与寻隐者的坚定，独具匠心，被推为“寻隐”诗之冠。

* 贾岛(779—843): 幽州范阳(今河北省涿州市)人，字阆仙，出身贫寒，早年为僧，法号无本，以诗才受韩愈赏识，遂还俗，欲进仕途，却数次不第，终身坎坷。苦吟派代表诗人，对后世诗歌影响深远。

26

闲居少邻并，草径入荒园。

鸟宿池边树，僧敲月下门。

过桥分野色，移石动云根。

暂去还来此，幽期不负言。

——唐 / 贾岛 /《题李凝幽居》

本诗为贾岛为僧时所作，去拜访一位叫李凝的朋友，到达时已夜深人静，而朋友不在家，于是留诗返回。创作本诗时，作者在“敲”与“推”中举棋不定，后韩愈认为“敲”字更好，由此传下一段佳话，“推敲之笔”由此而来。

* 分野色：意为山野景色被桥分开。

* 云根：古人认为“云触石而生”，故称石为云根。

* 幽期：约期。* 负言：食言、失信。

27

破却千家作一池，

不栽桃李种蔷薇。

蔷薇花落秋风起，

荆棘满庭君始知。

——唐 / 贾岛 /《题兴化园亭》

兴化寺园亭是唐文宗时权臣裴度修建的一处有水池亭阁的林园。贾岛游园之时，感叹裴度侵占千家居住之地来营建一座林园，等到草木枯萎胜景不在，荆棘满庭之时，才发现一切欲望也不过是徒劳。

* 破却：破坏。

28

暝虫喧暮色，默思坐西林。

听雨寒更彻，开门落叶深。

昔因京邑病，并起洞庭心。

亦是吾兄事，迟回共至今。

——唐 / 无可 /《秋寄从兄贾岛》

无可，贾岛堂弟，少年即为僧，曾云游各地。彼时与贾岛齐名，二人曾同在长安，贾岛还俗后屡试不第，积忧成疾之时，与无可相约，再皈依佛门。头两联描写作者从傍晚到第二天清晨在西林寺的情景，后两联回忆感叹与贾岛的约定。

* 暝（míng）虫：泛指秋虫。* 西林：指西林寺。

* 京邑病：指贾岛在长安参加科举，屡试不中，积忧成疾。

* 洞庭心：指泛舟洞庭湖上的归隐之心。

* 迟回：游移、徘徊。

29

尘劳迥脱事非常，
紧把绳头做一场。
不是一番寒彻骨，
争得梅花扑鼻香。

——唐 / 黄檗希运 /《上堂开示颂》

据载，黄檗希运禅师为启发弟子修行而作此偈颂。

* 黄檗（bò）希运（？— 855）：晚唐高僧。十岁在福建黄檗山万福寺出家。师从百丈怀海禅师，得传法门。后在靖州开山说法。希运弟子无数，包括临济宗始祖临济义玄及晚唐名相裴休。唐大中九年入寂，宣宗敕谥断际禅师。
* 尘劳：世俗中的烦恼。* 迥（jiǒng）脱：指超脱。迥，远离。
* 把：握。
* 争：通“怎”。

30

千岩万壑不辞劳，

远看方知出处高。

溪涧岂能留得住，

终归大海作波涛。

——唐 / 李忱 /《瀑布联句》

据载唐宣宗李忱因受唐武宗猜忌，遁迹为僧。一日与黄檗禅师（一说为香严智闲禅师）同观瀑布，禅师咏上两句，宣宗续下两句。后宣宗果然称帝，其志先见于此诗。本诗以拟人的方法写瀑布，隐喻宣宗不凡的经历，以及在艰难形势中陶冶出的隐忍坚毅的人格。

* 李忱（810—859）：唐宣宗。在位时期，国势有所起色，人民生活日渐富裕，史称“大中之治”。又因执政有唐太宗之风而被誉为“小太宗”。

31

千尺丝纶直下垂，

一波才动万波随。

夜静水寒鱼不食，

满船空载月明归。

——唐 / 船子德诚 /《渔父拔棹歌》

本诗前两句以静写动，表面上是写月夜独自垂钓之乐，其实蕴禅理于山水和钓趣之中。最后一句体现出参禅者对于“空”与“闲”的境界已经具有极深的领悟，一千多年来惊艳于禅林。

* 船子德诚：唐末禅宗高僧。遂州（今四川遂宁市）人。本名、生卒年不详。出家后师从药山惟俨禅师。后隐居华亭（今上海市松江区）。因常用小船为人摆渡，所以人称“船子和尚”。后来，僧人善会向他学习佛法，德诚见善会已尽得其传，认为大事告毕，乃覆舟而逝。

32

禅房无外物，清话此宵同。

林彩水烟里，涧声山月中。

橡霜诸壑霁，杉火一炉空。

拥褐寒更彻，心知觉路通。

——唐 / 温庭筠 /《宿辉公精舍》

华严宗因有帝王扶持，在唐代一度十分盛行，极具影响力。当时的官员、文人等社会名流频繁同高僧过从，以称俗家弟子为幸事。本诗便是温庭筠与一华严宗僧人（即辉公）交往论道后所作。精舍指僧道起居讲法的处所。

* 温庭筠（约 812 — 866）：字飞卿，太原祁县（今山西省晋中市祁县）人，文思敏捷，八次叉手而八韵成，又号“温八叉”。出生于没落贵族家庭，数举进士不第，傲视官场、放浪不羁，一生不得志，后流落而死。温庭筠是晚唐最重要的诗人之一。

* 禅房：对僧人起居房舍的专称。

* 清话：内容高雅的谈话。

* 杉火一炉空：此句是指“拨炉见火”这一公案故事。据《五灯会元》卷第九记载，百丈怀海禅师曾吩咐弟子沩山灵祐：“拨拨炉子，看还有火没有？”沩山灵祐拨了一下说：“无火。”百丈亲自起身，拨开炉灰，从深处挑出一点火星，指此示沩山曰：“汝道，无这个？”沩山大悟。上句“橡霜诸壑霁（hè jì）”是写山林冬景，橡实挂霜，万壑初霁，以同此句对仗。

* 拥褐：穿着粗布衣服。褐，兽毛、葛麻织成的粗布。

33

枿坐云游出世尘，

兼无瓶钵可随身。

逢人不说人间事，

便是人间无事人。

——唐 / 杜荀鹤 /《赠质上人》

本诗描写了质上人这位身无一物的苦行僧形象，高度赞扬了高僧远离尘世，专注道业的品格。

* 杜荀鹤（846—904）：晚唐诗人，“苦吟派”代表人物。字彦之，自号九华山人，池州石埭（今安徽省石台县）人。出身寒微，中年始中进士。其诗被后世称为“杜荀鹤体”。隐逸山林时期，多与高僧往来，深受佛教影响。

* 枿（niè）坐：稳坐。指坐禅。

* 瓶钵：水瓶和钵盂，两种食具都是僧人常见随身之物。

34

落日碧江静，
莲唱清且闲。
更寻花发处，
借月过前湾。

——唐 / 贯休 /《晚望》

本诗描绘的是傍晚时分静谧安闲的景象。碧水清净，采莲女歌声清亮动听，乘兴外出，踏月访莲，颇富生活雅趣。

* 贯休（832—912）：唐末五代诗僧、画家。俗姓姜，字德隐。婺州兰溪（今浙江省兰溪市）人。七岁出家，工诗、画、书法，今存诗五百余首，有《禅月集》。

* 莲唱：采莲人的歌声。

35

柴门寂寂黍饭馨，

山家烟火春雨晴。

庭花蒙蒙水泠泠，

小儿啼索树上莺。

——唐 / 贯休 /《春晚书山家屋壁二首 · 其一》

本诗截取晚春农忙时的一个片段作为描绘内容，春雨过后，农夫为不违农时下地抢耕，妇女们在家烧好饭菜，远看山村家家户户炊烟袅袅，隐隐还有孩童玩闹的声音。烟火气息十足。

* 黍饭：黄米饭，唐代流行的待客食品。
* 馨：香。
* 蒙蒙：形容雨点细小。
* 泠（líng）泠：形容水声清脆悦耳。

36

画松一似真松树，
且待寻思记得无。
曾在天台山上见，
石桥南畔第三株。

——唐 / 景云 /《画松》

本诗是一首题画诗，文字浅显风趣。诗中的“天台山上”与“石桥南畔”虽然是真实存在的地点，但在此处却是以实写虚，凸显画作传神。

* 景云：生卒年不详，唐朝僧人，擅长书法，今存诗三首。

37

溪翁居处静，溪鸟入门飞。

早起钓鱼去，夜深乘月归。

露香菰米熟，烟暖荇丝肥。

潇洒尘埃外，扁舟一草衣。

——唐 / 景云 /《溪叟》

渔翁溪叟是古代诗词中的常见形象，一般指代未出仕的在野贤者。本诗所写溪叟拥有自由洒脱的个性，以泛舟垂钓为乐，生活状态淳朴安逸，给人以世外桃源之感。

* 溪：山沟。

* 菰米：禾本科植物，中国古代六谷之一。

* 荇（xìng）：荇菜，一种水生植物，可食。

涅槃

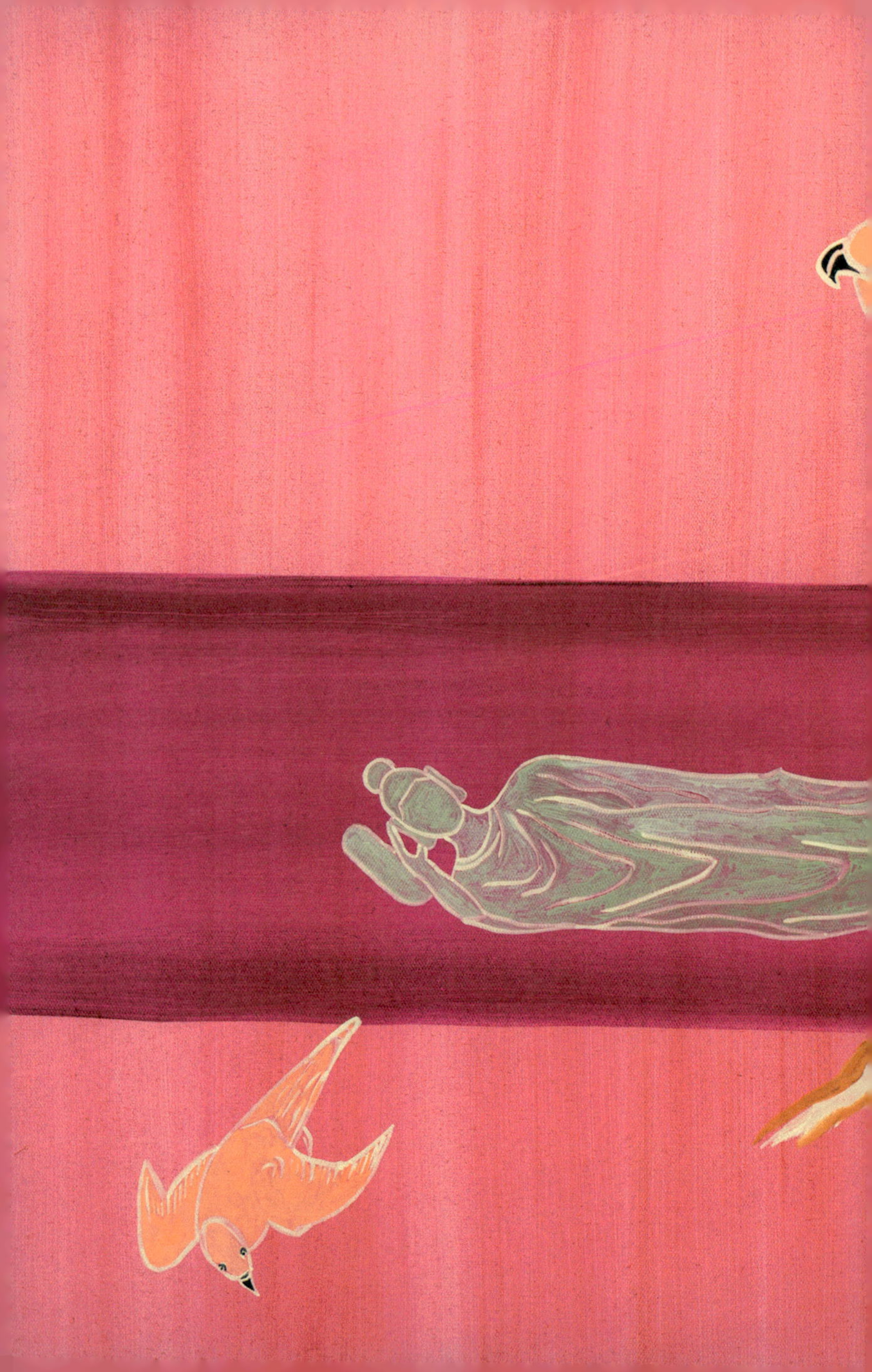

清信士常觀2019

38

唐德宗贞元年间，禅宗六祖惠能的第三代传人普愿和尚在南泉山中修行，人称“南泉禅师”。

那时佛家戒律规定，僧众不可畜养宠物。但猫儿善于捕鼠，对寺庙生活大有裨益。

一次，南泉禅院东西两堂的和尚为争养一只猫，吵闹不休。禅师便对众人说：“你们谁能讲得出道理，我就饶了这只猫，讲不出就杀掉它。”众人无言以对，禅师便斩杀此猫。

此后不久，禅师的弟子从谂外出回来，禅师将经过说给他听，从谂脱下鞋子放在头上，一言不发，退出堂外。普愿禅师说：“刚才若你在场，那猫儿就有救了。”

——《景德传灯录》（节选译文）

对于南泉斩猫的举动，弟子从谂无法直接反驳师父并加以劝阻，故将鞋子放于头上，以委婉驳斥师父“本末倒置”。禅师亦悟，反省。

* 普愿（748—834）：晚唐时期高僧，俗姓王。郑州新郑（今河南新郑县）人。九岁出家，曾师从禅宗南岳系怀让禅师、洪州禅马祖道一，后在池阳南泉（今安徽贵池）建南泉禅寺，被称为“南泉禅师”。

* 从谂（shěn）（778—897）：晚唐高僧，禅宗六祖惠能后的第四代传人。俗姓郝，曹州（今山东菏泽）人，一说青州（今山东淄博）。幼年出家，师从南泉普愿禅师，得传法后行脚天下，八十岁后在赵州城东观音院驻锡，人称“赵州古佛”，所留公案语录也被称为“赵州语录”，后世流传极广。

39

继普愿之后，从谂成为禅宗六祖惠能的第四代传人。晚唐大中十一年，从谂禅师在赵州观音院驻锡，人称“赵州和尚”。

一次，两名僧人新到寺院挂单。

禅师先问一人：“此前来过吗？”

答曰：“曾到。”

师曰：“吃茶去。”

又问另一僧，僧曰：“不曾到。”

师曰：“吃茶去。”

院主在侧，问曰：“为甚么曾到也云吃茶去，不曾到也云吃茶去？”

师唤院主，主应喏，师曰：“吃茶去。”

——《五灯会元》（节选译文）

40

一日赵州禅师上堂说法，僧人礼拜后问："如何是禅？"师云："今日天阴，不答话。"

——《五灯会元》（节选译文）

41

有一秀才前来拜访赵州禅师。

秀才问：“佛从不违众生所求，是也不是？”

禅师曰：“是。”

秀才问：“那我要和尚手中锡杖，给是不给？”

禅师曰：“君子不夺人所好。”

秀才曰：“在下不是君子。”

禅师曰：“老僧也不是佛。”

——《水月斋指月录》（节选译文）

42

南台静坐一炉香，

终日凝然万虑亡。

不是息心除妄想，

都缘无事可思量。

——唐 / 守安 /《示僧颂》

《景德传灯录》记载，一次，有僧人请教守安禅师：“寂静无事之时，心里觉得空无所依，该如何？”守安便以此偈颂作答。

* 守安：唐末五代高僧，师从禅宗第四十一世地藏禅师罗汉桂琛。常住湖南南岳衡山南台寺，世称“南台守安”。
* 万虑亡：一作“万事忘”。指放下一切心事。亡，无，没有。
* 息心：平息思绪。

43

一次，有禅僧名巨荣，前来拜访投子和尚。

巨荣问投子："一切音声都是佛声，是吗？"

投子答曰："是。"

巨荣问："那和尚方便之时夜壶的响声呢？"

投子举手便打。

巨荣又问："无论粗言细语，都归第一义，是吗？"

投子答曰："是。"

巨荣曰："那我唤和尚一声驴，可以吗？"

投子举手又打。

* 投子：指投子大同禅师（819—914），唐代禅宗僧人，俗姓刘，舒州怀宁（今安徽省安庆市怀宁县）人。曾在投子山（安徽桐城西北）隐居三十年，人称"投子和尚"。

清信士常觀

44

手把青秧插满田，

低头便见水中天。

心地清净方为道，

退步原来是向前。

——唐 / 布袋和尚 /《插秧诗》

本诗相传为布袋和尚所作，过去人工插秧，为避免新插的秧苗被踩踏，劳作者需以退步的方式劳作，故诗人有感而发：退步原来是向前。

布袋和尚是唐末至五代时僧人，名契此，明州奉化（今浙江省宁波市奉化区）人，号长汀子，生卒年及来历不详。因常挑一布袋在街市行乞，被称为“布袋和尚”。民间多有事迹流传，视之为弥勒化身。今日佛教寺院所供大肚弥勒被认为是以布袋和尚为原型塑造。

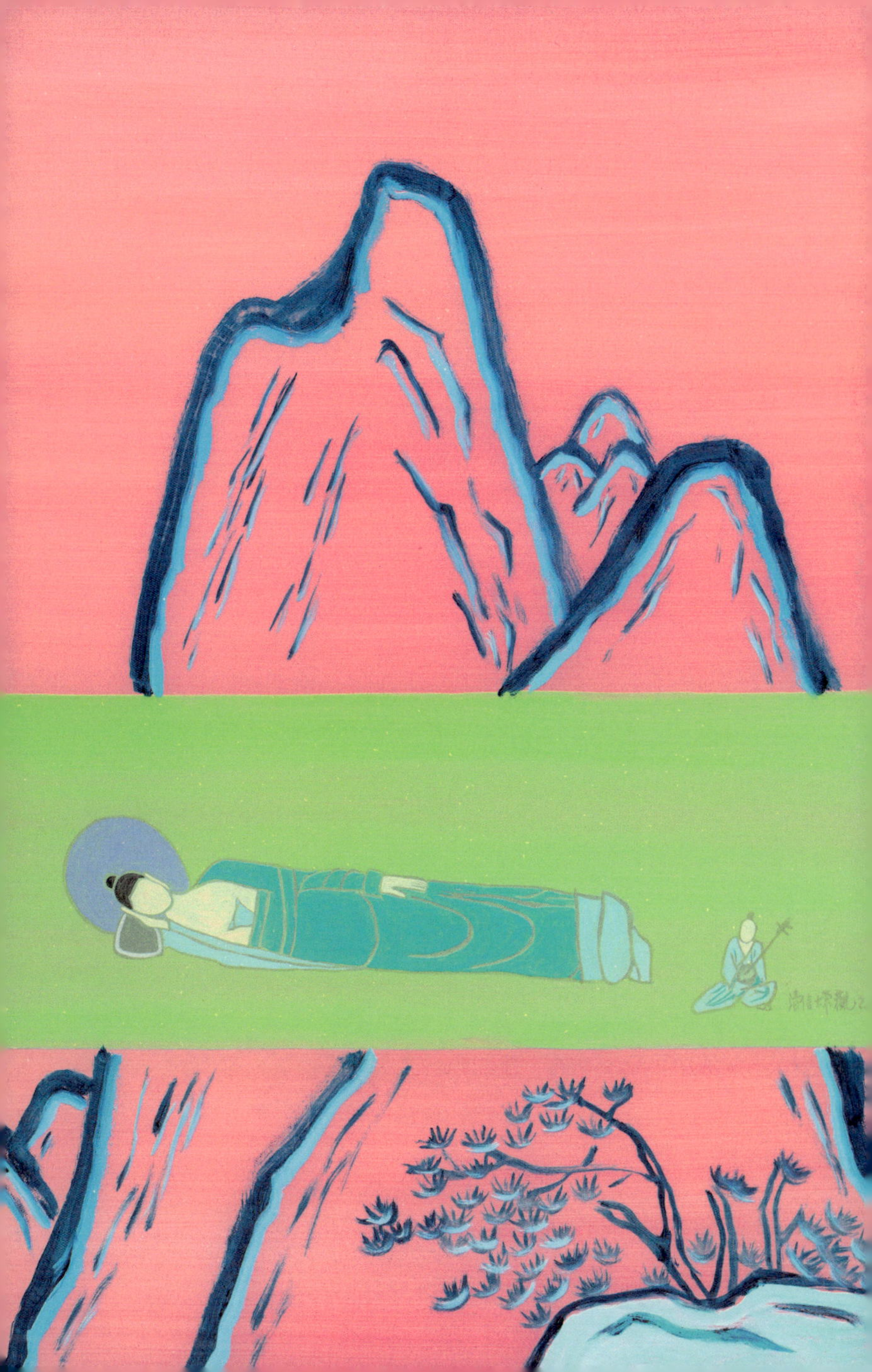

2019

宋元

禅宗自北宋起从“不立文字”转型为“文字禅”。随着禅宗语言日渐丰富精致，其美学趣味也进入兴盛期与成熟期，得到空前推崇。此时文人喜禅不仅是一种流行风尚，更具有强烈的实用性——人生忧苦，须借一种放达情怀提升生命的境界。

45

尽日寻春不见春，
芒鞋踏遍陇头云。
归来笑拈梅花嗅，
春在枝头已十分。

——宋 / 某尼 /《悟道诗》

苦苦追寻的，其实就在眼前。与辛弃疾“众里寻他千百度”有异曲同工之妙。本诗出自宋代文言小说集《鹤林玉露》，传为一尼姑所作。

* 陇头：指边塞。

46

轩前辘轳转冰盘，

轩里诗成彻骨寒。

多少人来看明月，

谁知倒被月明看。

——北宋 / 德聪 /《自题月轩》

本作是一首角度特别的赏月诗，人赏月，月也在赏人。

* 德聪（944—1017）：北宋诗僧。姑苏（今江苏省苏州市）人。太宗太平兴国三年，结庐于畲山（今上海松江佘山）。今存诗一首。

* 轩：窗户，也指带窗的小屋，常用作斋名。

* 辘轳：井上汲水器具。* 冰盘：指月亮。

47

西山乘兴宿，静称寂寥心。

一径杉松老，三更雨雪深。

草堂僧语息，云阁磬声沉。

未遂长栖此，双峰晓待寻。

——北宋 / 文兆 /《宿西山精舍》

作者云游到福建浦城县西山，宿于西山精舍时，为表现出禅家空蒙淡寂，悟禅时的心际而作。

* 文兆：北宋僧人，生卒年不详，南越（今广东、广西一带）人。与保暹、惠崇等合称“九诗僧”，彼此诗文唱和，名重一时，作品收入《九僧诗集》，今已佚。
* 云阁：泛指建在高山处的佛寺，这里指作者所宿之西山精舍。
* 磬（qìng）：佛寺中敲击的铜法器。
* 未遂：未能如愿。

48

杉竹清阴合，闲行意有凭。

凉生初过雨，静极忽归僧。

虫迹穿幽穴，苔痕接断棱。

翻思深隐处，峰顶下层层。

——北宋 / 保暹 /《秋径》

作者描绘深山秋色，同时将自己的淡泊情怀寄托于秋景之中。本诗被认为宋诗之精华，宋代“九诗僧”代表作。

* 保暹：北宋僧人，生卒年不详，浙江金华人。“九诗僧”之一。
* 清阴：清凉的树阴。* 意有凭：指情景交融。
* 凉生：生起凉意。
* 幽穴：幽深的小洞。* 断棱：路上石板断裂的缝隙。
* 翻思：回思。* 深隐处：小径深处。

49

地近得频到，相携向野亭。

河分冈势断，春入烧痕青。

望久人收钓，吟馀鹤振翎。

不愁归路晚，明月上前汀。

——北宋 / 惠崇 /《访杨云卿淮上别墅》

本诗描写了诗人与好友杨云卿游览住处附近的野亭时的风景及其忘怀的心情，通过“渔人垂钓”“白鹤振翎”“明月上”的描写，抒发了诗人悠然自得的从容心境。

惠崇（？—1017）：宋代僧人。建阳（今福建省南平市）人，工诗善画，“九诗僧”之一。惠崇为宋代诗僧中成就最杰出者，本诗即为其代表作，其中“河分冈势断，春入烧痕青”一联传诵一时。然而诗成之后，有人指责惠崇抄袭化用前人之诗。流言不胫而走，文兆更写诗讽曰：“河分冈势司空曙，春入烧痕刘长卿。不是师兄偷古句，古人诗句犯师兄。”惠崇未尝自辩。仁宗时，钱塘诗僧文莹认为抄袭一事并无实证，系其他人因嫉妒惠崇，“厚诬其盗”。

* 杨云卿：作者好友，生平无考。

* 冈势断：指山岗被淮河水隔断。

* 烧痕：火烧过的痕迹。旧时农俗，在春耕之前先烧野草以肥田。

* 吟馀：吟罢。

* 振翎：展翅。

* 汀：水边平地。

50

枕中云气千峰近，

床底松声万壑哀。

要看银山拍天浪，

开窗放入大江来。

——北宋 / 曾公亮 /《宿甘露僧舍》

本诗为曾公亮宿甘露寺，有感而作。甘露寺位于镇江北固山，始建于东吴，踞临长江胜景，千百年来文人墨客题诗无数，而本诗因气势雄浑，尤其出名。

* 曾公亮（999—1078）：北宋大臣、文学家。字明仲，号乐正。泉州晋江（今福建省泉州市）人。仁宗天圣二年进士，以太傅致仕，谥宣靖。

* 松声万壑：形容长江的波涛声像万壑松声一样。壑，山沟。

* 银山：比喻江水波涛巨大，如银山一般。

清信士

51

碧落静无云，秋空明有月。

长江莹如练，清风来不歇。

林下道人幽，相看情共悦。

——北宋 / 觉海 /《偈》

所谓“看山是山，看水是水”，在充满生机与活趣的色相感官世界中感悟本真，相看共悦。

* 觉海：北宋僧人，俗姓钟，江宁（今江苏省南京市）人。称若冲觉海禅师。

* 碧落：指天空。

* 练：白绢。

52

为爱寻光纸上钻，

不能透处几多难。

忽然撞着来时路，

始觉平生被眼瞒。

——北宋 / 守端 /《蝇子透窗偈》

苍蝇看到透亮的窗纸，以为寻到光明，却怎么也穿不透那窗纸，抵达彼岸。等它回过头去发现来时的路，才恍悟钻窗纸不过是受眼睛的错觉所骗。修行悟道、寻求真理乃至追寻人生的意义，也是如此。

* 守端（1025—1072）：北宋僧人。俗姓葛，衡州（今湖南省衡阳市）人。最初拜茶陵郁禅师为师。后师从临济宗杨岐方会禅师，继承衣钵。

53

守端禅师与其师杨岐禅师的一次聊天后，因其师笑而离去，便惴惴不安。其实杨岐禅师之笑或并无深意，不过是种自然态度，所以杨岐禅师诙谐地指出了他的心病。内心坚定，不要过于在意或误解、放大别人对自己的看法。

（白云守端禅师）往参杨岐。

岐一日忽问："受业师为谁？"师曰："茶陵郁和尚。"岐曰："吾闻伊过桥遭攧有省，作偈甚奇，能记否？"

师诵曰：

我有明珠一颗，

久被尘劳关锁。

今朝尘尽光生，

照见山河万朵。

岐笑而趋起，师愕然，通夕不寐。

黎明，咨询之。

适岁暮，岐曰：“汝见昨日打驱傩者么？”

曰：“见。”

岐曰：“汝一筹不及渠。”

师复骇曰：“意旨如何？”

岐曰：“渠爱人笑，汝怕人笑。”

师大悟。

——《五灯会元》（节选）

* 杨岐方会（992—1049）：北宋僧人。俗姓冷，袁州宜春（今江西省宜春市）人。初为小官，后因事逃遁为僧，因住袁州杨岐山普通禅院（今江西萍乡上栗县杨岐山普通寺），世称“杨岐禅师”。为临济宗杨岐派开山祖师。

* 郁和尚：北宋僧人，也称“茶陵郁山主”，生平不详。

* 遭攧（diān）：指茶陵郁过桥时摔了一跤。攧，摔跤。

* 打驱傩（nuó）：即傩戏。旧时民俗，祭祀活动中戴面具扮演鬼神，跳舞祭神，以祈福驱疫。唐宋后发展成一种戏曲表演形式。

* 汝一筹不及渠：你有一件事比不上他。筹，古代一种计数工具。渠，他。

* 意旨：谓尊者意图所在。

54

若言琴上有琴声，

放在匣中何不鸣？

若言声在指头上，

何不于君指上听？

——北宋 / 苏轼 /《琴诗》

作者通过“琴”“指”“音乐”，来阐释“有”与“无”的哲理，即“有”“无”的结合统一才能生成万物的普遍道理。

* 苏轼（1037—1101）：字子瞻，号东坡居士，世称“苏东坡”。眉州眉山（今四川省眉山市）人。二十岁进士及第，仕途数次沉浮。苏轼在文、诗、词上都达到极高造诣，是宋代文学最高成就的代表。

55

本文记述苏轼赴汝州途中游览庐山时作诗的情景。这是苏轼初次游庐山，本不欲作诗，无奈山中僧俗皆识苏轼，既欣慰又不免自喜，故作诗一首，作完觉得不妥，故又作两首。前篇表达要把庐山当成朋友，初次见面未见亲近，以后会再来，以故人身份再来方识庐山真面。后篇表达初识庐山的兴奋与喜悦。第四首是读了前人的游庐山作品有感而发。第五首是游完庐山之后，写下的千古绝唱。

仆初入庐山，山谷奇秀，平生所未见，殆应接不暇，遂发意不欲作诗。已而见山中僧俗，皆云："苏子瞻来矣！"不觉作一绝云：

芒鞋[1]青竹杖，

自挂百钱游。

可怪深山里，

1 芒鞋：草鞋。

人人识故侯。

既自哂前言之谬，又复作两绝云：

青山若无素，

偃蹇[1]不相亲。

要识庐山面，

他年是故人。

又云：

自昔忆清赏，

初游杳霭间。

如今不是梦，

真个是庐山。

是日，有以陈令举《庐山记》见寄者，且行且读，见其中云徐凝、李白之诗，不觉失笑。旋入开先寺，主僧求诗，因作一绝云：

1 偃蹇（yǎn jiǎn）：既指庐山之高傲，亦形容其高耸貌。

帝遣银河一派垂，
古来惟有谪仙辞。
飞流溅沫知多少，
不与徐凝洗恶诗。[1]

往来山南北十余日，以为胜绝，不可胜谈，择其尤者，莫如漱玉亭、三峡桥，故作此二诗。最后与总老同游西林，又作一绝云：

横看成岭侧成峰，
到处看山了不同。
不识庐山真面目，
只缘身在此山中。[2]

仆庐山诗尽于此矣。

——北宋 / 苏东坡 /《记游庐山》

---

1 “帝遣”一诗：作者读了两首写庐山的诗，即李白《望庐山瀑布》、徐凝《庐山瀑布》。本诗上二句赞李白，下二句贬徐凝。

2 “横看”一诗：本诗为作者初稿，与后世通行版本有异。

56

庐山烟雨浙江潮，

未到千般恨不消。

到得还来无别事，

庐山烟雨浙江潮。

——北宋 / 苏轼 /《观潮》

庐山的烟雨，浙江的钱塘潮，这些天下奇景，若不能前往欣赏，总觉得人生有缺憾。等亲历目睹之后，反倒觉得不过是过去主观妄念的驱动，庐山烟雨、浙江潮就是一种客观存在，并无惊奇。

57

三月七日，沙湖道中遇雨。雨具先去，同行皆狼狈，余独不觉。已而遂晴，故作此。

莫听穿林打叶声，
何妨吟啸且徐行。
竹杖芒鞋轻胜马，
谁怕？一蓑烟雨任平生。

料峭春风吹酒醒，
微冷，山头斜照却相迎。
回首向来萧瑟处，
归去，也无风雨也无晴。

——北宋 / 苏轼 /《定风波·莫听穿林打叶声》

作者醉归遇雨，雨中却仍能从容徐行。若心晴，则世无风雨。

2019

58

任性逍遥，随缘放旷。

但尽凡心，别无胜解。

以我观之，凡心尽处，胜解卓然。但此胜解不属有无，不通言语。故祖师教人到此便住。

如眼翳尽，眼自有明。医师只有除翳药，何曾有求明药？明若可求，即还是翳。固不可于翳中求明，即不可言翳外无明。

而世之昧者，便将颓然无知认作佛地，若如此是佛，猫儿狗儿得饱熟睡，腹摇鼻息，与土木同，当恁么时，可谓无一毫思念，岂谓猫狗已入佛地？

故凡学者，观妄除爱，自粗及细，念念不忘，会作一日，得无所住。

弟所教我者，是如此否？因见二偈警策，孔君不觉耸然，更以闻之。

书至此，墙外有悍妇与夫相殴，詈声飞灰火，如猪嘶狗嗥。因念他一点圆明，正在猪嘶狗嗥里面，譬如江河鉴物之性，长在飞砂走石之中。寻常静中推求，常患不见，今日闹里忽捉得些子。

元丰六年三月二十五日。

——北宋 / 苏轼 /《论修养帖寄子由》

“任性逍遥，随缘放旷，但尽凡心，别无胜解”出自唐代禅师天皇道悟。见载于《五灯会元》。“胜解”原为“圣解”，指对具体所触事物的境界有深刻的了解，并作出确定判断。

苏轼对这段悟道偈有着自己特别的体会，便写信给弟弟苏辙，与之分享。

译文：

要达到“任性逍遥、随缘放旷”的境界，不过是“尽凡心”而已，并非还要有多么深刻的见解。

在我看来，能尽凡心，便是了不起的境界，但这种“胜解”不是存不存在的问题，也不能用语言说破，故而祖师教化世人也是点到为止。

比如治疗眼翳（翳，遮蔽，眼翳是一种眼结膜组织增生而遮蔽了眼球导致视线受阻的眼疾），把眼睛上的那层眼翳除掉了，眼睛自然明亮。医生只有除眼翳的药，何曾有让眼睛明亮的药？如果“明”还要靠求，那就说明还是不明啊。本就不能在眼睛有眼翳的情况下探求光明，也不能说都是有翳的眼睛，就没有光明。

而世上这些愚昧之徒，将颓废无知认作成佛的超脱境界。若这样便是佛，那像猫儿狗儿，吃饱睡熟，肚子随着呼噜乱动，如土木一般，倒是心内无一丝杂念，但难道能说这猫狗已经成佛了吗？

所以那些真正的修行者，看到妄念，摒除杂欲，面对万物，无论粗细大小，都念念不忘，仔细推究。这样下去，总有一日，会达到不被任何意念、事物所拘执的“无所住”状态。

弟弟你要教我的，是这个意思吗？看到这令人警策的偈语（即开头的四句），不禁汗毛耸立，所以想告诉你。

写到这里，墙外有个悍妇和她丈夫互相殴打，叫骂声如猪嘶狗嚎。于是想到那透彻的领悟，正在猪嘶狗嚎之中。如江河能照见其他事物的形状，也常在飞砂走石的时候。平日里在宁静中想追求心灵的顿悟，往往苦于得不到，今天在喧闹里，我忽然捕捉到了一二。

不为故乡田地好
因缘熟处便为家
——《五灯会元》

59

我居北海君南海，

寄雁传书谢不能。

桃李春风一杯酒，

江湖夜雨十年灯。

持家但有四立壁，

治病不蕲三折肱。

想得读书头已白，

隔溪猿哭瘴溪藤。

——北宋 / 黄庭坚 /《寄黄幾复》

黄幾复是黄庭坚的同乡好友，二人幼年相识，交情深厚。宋神宗元丰八年（1085），黄庭坚在德州德平镇（今山东省临邑县）任监镇压官，黄幾复为四会县（今广东省四会市）知县，天南海北，各自遥忆。黄庭坚写下此诗，寄与黄幾复，诗中既有对旧友的殷殷思念，也有为友人怀才不遇的不平。第二联“桃李春风一杯酒，江湖夜雨十年灯”自诗成后便被誉为奇语警句，传诵至今。

* 黄庭坚（1045—1105）：北宋文学家、书法家。字鲁直，号涪翁，又号山谷道人。洪州分宁县（今江西省九江市修水县）人。进士出身，为官刚直爱民，仕途坎坷。自青少年时便与禅林交游频繁，晚年修净土宗。长于诗词，与苏轼并称“苏黄”。工书法，与苏轼、米芾、蔡襄并称“宋四家”。

* “我居”句：典故出自《左传》：“君处北海，寡人处南海，唯是风马牛不相及也。”德平与四会正是一北一南，且都在沿海地区，故用此典。

* “寄雁”句：旧时传说鸿雁南飞至衡阳即还。此句极言岭南偏远，音信难通，连大雁都不肯飞到。

* 四立壁：家徒四壁，指黄几复为官清廉。

* 蕲（qí）：祈求。

* 三折肱（gōng）：成语云“三折肱为良医”，比喻在某事经验多自然造诣精深。此处指黄幾复为官理政才干卓著，本不需要沉沦下僚。

* 瘴（zhàng）溪：旧时传说岭南多瘴气瘟疫。溪，一作“烟”。

60

痴儿了却公家事，

快阁东西倚晚晴。

落木千山天远大，

澄江一道月分明。

朱弦已为佳人绝，

青眼聊因美酒横。

万里归船弄长笛，

此心吾与白鸥盟。

——北宋 / 黄庭坚 /《登快阁》

在黄庭坚众多诗作中，《登快阁》是举世公认的杰作。本诗写于北宋神宗元丰五年（1082）初冬时节，当时黄庭坚正在吉州太和县（今江西省泰和县）知县任上，于公事余暇，登高览胜，题诗阁上。诗人从眼前江景中提炼出一个气象空阔的精神世界，可供人放松身心，而后在现实世界里继续前行。全诗境界高远，风骨傲岸，被誉为"能移太白歌行于律诗内"的佳作。

* 快阁：位于今江西吉安泰和城东区，毗邻赣江。因黄庭坚题诗阁上而天下闻名。
* 痴儿：作者自称。
* 东西：东边和西边 。指在阁中四处周览。
* 倚：倚靠。
* 落木：落叶。
* 澄江：指赣江。澄，清澈。
* 朱弦：指琴。
* 佳人：美人。此处指知己好友。
* 青眼：指以正眼看人，表示尊重喜爱。
* 聊：姑且。
* 弄：演奏（乐器）。
* 白鸥盟：与白鸥为友。指心胸淡泊高远，向往归隐，不慕名利。

61

万里黔中一漏天，

屋居终日似乘船。

及至重阳天也霁，

催醉，鬼门关外蜀江前。

莫笑老翁犹气岸，

君看，几人黄菊上华颠？

戏马台南追两谢，

驰射，风流犹拍古人肩。

——北宋 / 黄庭坚 /《定风波 · 次高左藏使君韵》

北宋哲宗绍圣元年（1095），黄庭坚被贬为涪州（今重庆市涪陵区）别驾，黔州（今重庆市彭水苗族土家族自治县）安置。当时黄庭坚正值人生最艰难困苦的时期，仍能宠辱不惊，老当益壮，穷且弥坚。本词便是这种旷达胸襟的文学证明。

* 高左藏（zàng）使君：黄庭坚友人，高姓，时为管理州库的官员，本名及生平失考。左藏，唐代国库名。使君，古代指称州郡长官。
* 黔（qián）中：即黔州。
* 一漏天：阴雨连绵，仿佛天有漏洞。
* 鬼门关：即石门关，因两山相夹如门户而得名。
* 气岸：气度傲然伟岸。
* 华颠：白头。颠，头顶。
* “戏马台”句：戏马台一名“凉马台”，项羽所筑，位于今江苏徐州城南。东晋义熙十二年，刘裕北征时曾于重阳时节登此台宴请僚属，诗人谢瞻、谢灵运在席间各赋诗一首。此处是作者自况，吟诗作词，才比昔日两谢；驰射也不逊色于刘裕这等英雄人物。

[redacted]
畢畢2019

62

江月照，松风吹，
永夜清宵更是谁？
雾露云霞遮不得，
个中犹道不如归。
复何归，
荷叶团团团似镜，
菱角尖尖尖似锥。

——北宋 / 惟清 /《悟道偈》

本作是一首悟道开示之偈：执意求法，即使不眠不休仍云遮雾障不得要领。放下执念，退一步田地，反而见到另一重美好风景。

* 惟清（？—1117）：北宋僧人。字觉天，号灵源叟，洪州分宁（今江西省修水县）人，俗姓陈，同黄庭坚为至交。

竹密不妨流水过
山高岂碍白云飞

63

雨暗苍江晚未晴，

井梧翻叶动秋声。

楼头夜半风吹断，

月在浮云浅处明。

——北宋 / 道潜 /《江上秋夜》

作者描写苍江从傍晚到深夜，天气由阴雨转晴的微妙变化，景色描写层次分明。

* 道潜（1043—1106）：北宋诗僧，俗姓何，字参寥，於潜浮溪村（今浙江省杭州市临安区）人。自幼出家，同苏轼、秦观相友善，唱酬甚多。曾同苏轼共游庐山。有《参寥子诗集》。

* 井梧：井边的梧桐。

* 风吹断：指风停了。

64

有客人见佛像上有鸟粪，便问寺中老僧："佛经上说，众生皆有佛性，那鸟儿有佛性否？"

僧云："有。"

客人云："既有佛性，何得在佛头上着粪？"

师云："他何不在鹰头上着粪？"

——《景德传灯录》（节选译文）

65

清波门外拥轻衣。杨花相送飞。

西湖又还春晚，水树乱莺啼。

闲院宇，小帘帏。晚初归。

钟声已过，篆香才点，月到门时。

——北宋 / 仲殊 /《诉衷情 · 宝月山作》

描写西湖清波门外的美景，仿佛带着读者进入一个飞尘不到的世外之境。

* 仲殊：北宋词僧，字师利。安州（今湖北省安陆市）人。本姓张，名挥，又称“僧挥”。与苏轼往来甚厚。

* 拥轻衣：指穿着薄薄的衣衫。* 杨花：即柳絮。

2020

2020

66

结茅临水石，淡寂益闲吟。

久雨寒蝉少，空山落叶深。

危楼乘月上，远寺听钟寻。

昨得江僧信，期来此息心。

——北宋 / 秘演 /《山中》

作者隐居深山静修，于幽静处吟诗修心。希望远涉江湖的僧友也来此，排除杂念。

* 秘演：北宋僧人，生平及生卒年不详，曾与欧阳修交好。有诗三四百篇，大多散佚。
* 结茅：指简陋的房舍。
* 危楼：高楼。
* 江僧：江湖游僧。

67

月落庵前梦未回，

松间无限鸟声催。

莫言春色无人赏，

野菜花开蝶也来。

——北宋 / 饶节 /《晚起》

上二句犹言“春眠不觉晓，处处闻啼鸟”，下二句却饱含禅意：我虽没出去，但自然之色，自有大自然的生命品赏。

* 饶节（1065—1129）：宋代诗僧。字德操，一字次守，法名如璧，自号倚松道人、倚松老人。临川（今江西省抚州市）人。江西诗派重要诗人之一。

* 梦未回：指睡梦中还未醒来。

68

静中与世不相关，

草木无情亦自闲。

挽石枕头眠落叶，

更无魂梦到人间。

——北宋 / 饶节 /《眠石》

深山静修，与大自然融为一体。

軍軍2019

2020

69

青原惟信禅师晚年对众人说："老僧三十年前未参禅时，见山是山，见水是水。及至后来，亲见知识，有个入处，见山不是山，见水不是水。而今得个休歇处，依前见山只是山，见水只是水。"

——《五灯会元》（节选）

* 青原惟信：宋代临济宗僧人，生卒年不详，俗姓失考。古代僧人法名常有重名，为有所区分，自唐末开始，习惯以籍贯、居住地或寺名加在僧人法号之前。比如此处，"惟信"便是禅师法号，"青原"是其所居寺名。

70

南涧茶香笑语新，西州春涨小舟横。
困顿人归烂熳晴。

天迥游丝长百尺，日高飞絮满重城。
一番花信近清明。

——北宋 / 惠洪 /《浣溪沙 · 送因觉先》

本词所咏为清明之前的山间春景。

* 惠洪（1071—1128）：宋代诗僧。一名德洪，字觉范，自号寂音尊者，俗姓喻，一作彭。筠州新昌（江西宜丰）人。工诗词，善画梅竹，同黄庭坚友善。著有《冷斋夜话》十卷。
* 烂熳（màn）：光彩纷呈，鲜明艳丽。
* 花信：花期。古代将小寒至谷雨这一百二十日分作二十四候，每一候对应一种花信，清明正对应柳花，即上句“飞絮”。

71

蜜烛花光清夜阑，粉衣香翅绕团团。
人犹认假为真实，蛾岂将灯作火看。

方叹息，为遮拦，也知爱处实难拚。
忽然性命随烟焰，始觉从前被眼瞒。

——北宋 / 惠洪 /《鹧鸪天》

本词是借飞蛾扑火来解释禅理，因为爱得太深，所以才会难离难弃，执迷不悟。

* 蜜烛：蜡烛。
* 粉衣香翅：指飞蛾。
* 拚（pīn，旧读 pàn）：舍弃。

72

万叠空青春杳杳，

一蓑烟雨吴江晓。

醉眼忽醒惊白鸟。

拍手笑，清波不犯鱼吞钓。

津渡有僧求法要，

一桡为汝除玄妙。

已去回头知不峭。

犹迷照，渔舟性懆都翻了。

——北宋 / 惠洪 /《渔父词・船子》

《渔父词》本是唐代流行的教坊曲，在宋代演变为士大夫和禅僧常用的文学表现形式。据说船子德诚法师是以《渔父词》说禅的宗师。本词所讲述的便是船子和尚传法的故事。船子德诚是唐代高僧，曾在华亭朱泾（今上海金山）一带渡人传法。为令弟子善会开悟，船子和尚用船桨将其打落水中三次，最后更不惜翻舟自沉，令善会最终领悟远离颠倒妄想、不疑不迷的法门。

* 法要：佛法要义。

* “回头”句：船子传法于善会后，二人分别时，善会不住回头，心有疑虑，为让他彻底开悟，船子翻舟落水，自溺而亡。

* 懆：骚动不安。

73

本篇为高僧道楷（1043—1118）所作寺规。道楷是北宋曹洞宗高僧，俗姓崔。曾住持东京（今河南开封）十方净因禅院和天宁寺。后因谢绝御赐法号和紫衣袈裟，触怒宋徽宗，发配淄州。后遇赦免，于淄州建芙蓉庵（今兴化寺），率僧众耕作自食，人称“芙蓉道楷”。

道楷获罪发配后，各地僧俗慕其德行，有近千余人追随左右。道楷便作《祇园正仪》一卷，重申戒律，规定不得化缘，不得赴斋，只可耕地自食，每人每天只吃粥一碗。于是跟风者知难自退。去芜存菁后，曹洞宗大兴。

夫出家者，为厌尘劳，求脱生死，休心息念，断绝攀缘，故名出家……

今者辄欲略斅[1]古人为住持体例，与诸人议定：

更不下山、不赴斋、不发化主。

唯将本院庄课[2]一岁所得，均作三百六十分，日

---

1 斅（xiào）：效仿。

2 庄课：寺庙田庄所收的租粮。

取一分用之，更不随人添减。可以备饭则作饭。作饭不足则作粥。作粥不足则作米汤。

新到相见，茶汤而已，更不煎点[1]。唯置一茶堂，自去取用。务要省缘[2]，专一辨道。

又况活计具足，风景不疏。

华解笑、鸟解啼，木马长鸣、石牛善走。

天外之青山寡色，耳畔之鸣泉无声。

岭上猿啼，露湿中霄之月；

林间鹤唳，风回清晓之松。

春风起时枯木龙吟，秋叶凋而寒林花散。

玉阶铺苔藓之纹，人面带烟霞之色。

音尘寂尔，消息宛然。一味萧条，无可趣向……

伏惟同道，各自努力珍重。

---

1 煎点：搭配点心。不煎点指只上茶不搭配点心。

2 省缘：当时僧人的一种静修方式。

74

穷巷无人对雪，

小诗自可逃禅。

看取一年三白，

喜欢共入新年。

——宋 / 吕本中 /《雪》

“逃禅”初指佛教徒修行中开小差，后反被用来形容文人遁世参禅之举。本诗便是一首“逃禅”之作。吕本中将禅宗“活法”引入诗学之中，强调不拘格律规则，追求创作自由，重视文字直觉，完成了江西诗派诗歌理论的突破创新。

* 吕本中（1084—1145）：宋代文学家，江西诗派代表人物。字居仁，寿州（今安徽省寿县）人，世称东莱先生。绍兴年间赐进士出身，受秦桧排挤罢官。有《东莱先生诗集》等。

* 三白：下雪三次。民谚认为冬日降雪多次是丰收征兆。

75

古木阴中系短篷，

杖藜扶我过桥东。

沾衣欲湿杏花雨，

吹面不寒杨柳风。

——南宋 / 志南 /《绝句》

这首小诗描写春日微风细雨之时外出踏青一个小片段。最后两句九百多年来脍炙人口，是宋诗中名列前茅的佳句。

* 志南：南宋僧人，生平不详，曾与朱熹相识。
* 短篷：小船。
* 杖藜（lí）：即“藜杖”。
* 杏花雨：清明前后，杏花盛开，故称此时所降之雨为“杏花雨”。后特指春雨。
* 杨柳风：古代每一花信对应一种“花信风”。清明时节对应柳花花信，故称此时的风为“杨柳风”。

76

几度西湖独上船，
篙师识我不论钱。
一声啼鸟破幽寂，
正是山横落照边。

——南宋 / 道济 /《湖中夕泛归南屏四绝 · 其一》

道济（1148—1209），即民间传说中的“济公”，南宋杨岐派高僧。俗名李心远，号湖隐，法号道济，台州天台（今浙江省天台县）人。初出家于杭州灵隐寺，后移居净慈寺。因貌似疯癫，不受戒律拘束，人称“济颠”。精通医术，常为市井平民治病，深受人民爱戴。其除暴安良、扶危济困的故事至今仍广泛流传。本诗是济公春游西湖后所作，写景耐人寻味，禅意若有似无。

* 篙师：对船夫的尊称。

77

东边觑了复西观，

拄杖重重话岁寒。

带雨一枝花落尽，

不烦公子倚栏干。

——南宋 / 道川 /《颂古二十八首》

唐末雪峰和尚登坛讲法，“拈拄杖东觑”向东边人打招呼，“又西觑”打招呼，后“掷下拄杖”说，（佛法）“向这里会取”，道川就此公案作此偈。本诗旨在释“顿悟”“随缘”“达观”。

* 道川：宋代临济宗僧人，号实际，俗姓狄。原为县里捕快，因常去附近寺院听法而耽误公事，被县令杖责，于杖下大悟，落发为僧。

* 觑（qù）：看。

* 雨、花：皆双关，暗指语、话。

78

春有百花秋有月，
夏有凉风冬有雪。
若无闲事挂心头，
便是人间好时节。

——南宋 / 慧开 /《无门关》

本诗主倡平常心的生活态度，从容淡定的自信。《无门关》是南宋无门慧开禅师撰写的禅宗公案集。其名出自《楞伽经》中“无门为法门”句，指单凭语言文字难以传达的真谛。禅宗也因此自称“无门宗”，以强调领悟言外之意与弦外之音。

* 慧开（1183—1260）：宋代临济宗杨岐派高僧。俗姓梁，字无门，钱塘（今浙江省杭州市）人。世称无门慧开。

軍軍2019

79

一叶复一叶，世道几翻覆。

一点复一点，书脉要接续。

亲见长公来，一节不肯曲。

见竹如见公，北麓能不俗。

回首熙丰间，几人愧此竹？

——南宋 / 道璨 /《寄题瑞昌簿厅景苏堂墨竹》

相传苏轼于瑞昌（今江西省瑞昌市）亭子山题字时，曾将墨汁洒在竹叶上，此后满山竹叶皆生墨点。南宋理宗景定年间（1260—1264），瑞昌主簿王景琰将墨竹移栽于当年苏轼所宿堂前，并将该堂命名为“景苏堂”。本诗便为此事而作，借咏竹来表达对苏轼高尚品格的仰慕与钦敬。

* 道璨（1213—1271）：俗姓陶，号无文。豫章（今江西省南昌市）人。因科举失意，剃度为僧。诗名远播，有《柳塘外集》。

* 长公：当时对苏轼的尊称。* 北麓：王景琰之号。

* 熙丰：熙宁和元丰，神宗朝所用年号。当时新旧两党围绕变法激烈交锋。两派都有投机者混入，互相倾轧，因私废公。

80

青山不著臭尸骸，

死了何须掘土埋？

顾我也无三昧火，

光前绝后一堆柴。

——元 / 石屋清珙 /《临终偈》

1352 年，清珙患病，一日半夜忽与众人诀别。弟子泣问如何处理后事，清珙即吟此偈，阐明自己勘破轮回、了脱生死的达观态度，而后投笔坐化。

* 石屋清珙（1272—1352）：元代临济宗高僧。江苏常熟人。俗姓温，字石屋。晚年传法于高丽禅僧太古普愚，临济宗由此传入朝鲜半岛。

* 著：贮存。

81

柴门虽设未尝关，闲看幽禽自往还。

尺壁易求千丈石，黄金难买一生闲。

雪消晓嶂闻寒瀑，叶落秋林见远山。

古柏烟消清昼永，是非不到白云间。

——元 / 石屋清珙 /《山居诗 · 其一》

清珙曾应当湖（今浙江省平湖市）福源寺僧人邀请担任住持。待福源寺振兴之后，清珙便退隐雪溪（浙江湖州别称）天湖，建草庵独居。本诗便是清珙在退休隐居时所作，其中“黄金难买一生闲”是广为流传的警句。

* 尺璧：直径过一尺的美玉，形容价值珍贵。
* 清昼永：白日漫长。清昼，白天。

82

着意求真真转远，

拟心断妄妄犹多。

道人一种平怀处，

月在青天影在波。

——元 / 石屋清珙 /《山居诗 · 其二》

本诗是一首禅理诗。在禅宗里，以“月”比喻“菩提心”、佛性和禅法，以“水波”比喻缘起缘落引发的心情变化。本诗中的“月在青天影在波”便是佛家向往的随缘无争、清净自在的境界。

83

昔不曾生，

今何曾灭。

月过长空，

清光皎洁。

——元 / 月林 /《涅槃前偈》

本偈是关于生死、空间、当下的哲学思考。

月林禅师是元代名僧，澄迈（海南省澄迈县）人。元文宗谪居海南时，与月林相识相交，颇重其佛法成就。文宗登基后，敕建大兴龙普明寺，延聘月林为这座皇家寺庙的住持。本偈便是月林禅师五十岁圆寂时所诵之偈。

84

无物思量，万虑皆忘。
坐两班、大众禅床。
粗衣遮体，粝饭充肠。
有一函经，一佛像，一炉香。

功课寻常，道行非狂。
爱山中、白昼偏长。
翠苔岩洞，绿竹山房。
有一天风，一天月，一天凉。

——元 / 中峰明本 /《行香子》

中峰明本很受元仁宗看重，几番下旨让他出任名山巨刹的住持。但明本甘守山林，自劳自食，多次谢绝任命。在这首词中，明本自述隐逸生活乐趣，语言平实生动。

* 中峰明本（1263—1323）：元代高僧。俗姓孙，号中峰，法号智觉，西天目山住持，钱塘（今浙江富阳）人。

明清

明清时期，佛教相对式微。但在明清易代之际，有大量遗民遁世为僧，以忧患之笔写乱世见闻，禅诗的风格也从自在淡泊转为悲天悯人。

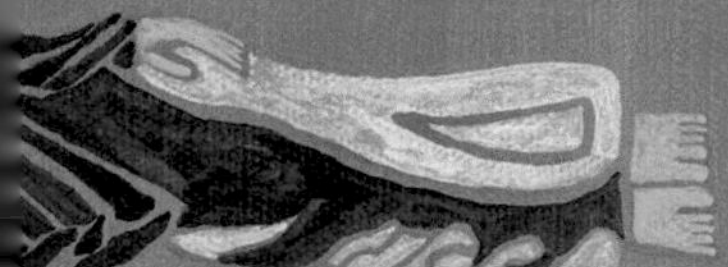

85

船上见月如可呼，爱之且复留斯须。
青山倒影水连郭，白藕作花香满湖。
仙林寺远钟已动，灵隐塔高灯欲无。
西风吹人不得寐，坐听鱼蟹翻菰蒲。

—— 明 / 楚石梵琦 /《晓过西湖》

杭州西湖是驰名四海的风景名胜。洪武元年，明太祖朱元璋在南京大做法事，梵琦受命担任顾问，途经杭州，写成此诗。

* 梵琦（1296—1370）：明初高僧，俗姓朱，字楚石，一字昙耀，晚号西斋老人。象山（今浙江省象山县）人。著有《楚石集》《楚石梵琦禅师语录》《西斋净土诗》等。
* 仙林寺：位于今浙江省杭州市余杭区。
* 菰蒲（gū pú）：本指茭白和香蒲这两种水生植物，同时借指湖泊。

86

桃花坞里桃花庵，桃花庵里桃花仙。
桃花仙人种桃树，又折花枝当酒钱。
酒醒只在花前坐，酒醉还须花下眠。
花前花后日复日，酒醉酒醒年复年。
不愿鞠躬车马前，但愿老死花酒间。
车尘马足贵者趣，酒盏花枝贫者缘。
若将富贵比贫贱，一在平地一在天。
若将贫贱比车马，他得驱驰我得闲。
世人笑我忒风颠，我笑世人看不穿。
记得五陵豪杰墓，无酒无花锄作田。

——明 / 唐寅 /《桃花庵歌》

唐寅（1470—1524）：字伯虎，自号六如居士、桃花庵主等，吴县（今江苏省苏州市）人。生于一个商人家庭，是家族中第一个走读书科举道路的子弟。十六岁以第一名中秀才，二十九岁应天府乡试第一，高中解元。一度被寄予厚望。然而次年赴京会试时，唐寅与好友徐经（徐霞客的高祖父）一同牵涉进科举弊案中，虽查无实据，但两人仍被革黜功名，政治前途断绝。唐寅与家人失和，迁居桃花坞（今江苏省苏州市姑苏区桃花坞大街），以卖文卖画为生。后营建桃花庵别业，自号"桃花庵主"，《桃花庵歌》缘此而作。本诗语言浅白，没有清高的自我标榜，而是热烈地享受平凡生活，重视人生真正的乐趣，意味隽永。

唐寅绝意仕进后，致力于诗文书画，晚年信奉佛教。其画与沈周、文徵明、仇英合称"明四家"，诗文与祝允明、文徵明、徐祯卿并称"吴中四才子"。著有《六如居士全集》。

* 庵：草屋

* 折：一作"摘"。

* 鞠躬：屈从。

* 风颠：即疯癫。

* 五陵豪杰：汉高祖到昭帝，五代皇帝修陵时会在陵旁专设一邑，并迁徙豪族居住，以"侍奉"陵寝。后以"五陵"指古代的富人区，以"五陵豪杰"泛指王侯公孙享有荣华富贵之人。

87

千里长征不惮遥，

解鞍明日问归桡。

真如谢朓宣城路，

南浦新林过板桥。

—— 明 / 杨慎 /《于役江乡归经板桥》

杨慎戍永昌卫期间，常被调往他处服劳役，而板桥驿（今云南昆明东）是他外出和返回的必经之地。杨慎曾多次在驿站墙壁上题诗。据说直到清初，板桥驿的墙壁上还残留有他的笔迹。本诗便是他一次自江乡返回途中所作。

* 杨慎（1488—1559）：明代文学家、学者。字用修，初号月溪、升庵，又号逸史氏、滇南戍史等。新都（今四川省成都市新都区）人，祖籍庐陵，大学士、内阁首辅杨廷和之子。正德六年殿试第一，因正直不畏权势，政治生涯坎坷异常。明世宗登基后，充任经筵讲官，因“大礼仪”事获罪，被罚谪戍云南永昌卫（今云南保山市），流放滇南三十余年，终老于戍所。后追谥“文宪”。一生著述颇丰，编撰有佛教专著《禅藻集》。

* 于役：在外面奔走服役。
* 惮（dàn）：畏惧。此处是反语，并非真不畏征途遥远，而是不能言怕。
* 归桡（ráo）：返程的小船。
* 谢朓宣城路：南齐诗人谢朓（464—499）在齐明帝建武年间曾由中书侍郎出任宣城（今安徽宣州）郡守。赴任途中，谢朓在板桥浦（今江苏南京西南）写下《之宣城郡出新林浦向板桥》一诗，抒发思乡之情、行路之苦，以及对归隐山林的渴望，为后世广为流传的名篇。这里是杨慎从自己所在的云南板桥，联想到当年谢朓写诗的板桥。虽然一个是去做官，一个是被发配，但因为一个相同的地名，二人隔着时空产生共鸣。

88

有客开青眼，无人问落花。

暖风熏细草，凉月照晴沙。

客久翻疑梦，朋来不忆家。

琴书犹未整，独坐送残霞。

——明 / 李贽 /《独坐》

本诗是李贽晚年所作，表面是写闲居山林的日常状态，其实是慨叹自己冷暖自知的坎坷人生。是以写闲情来发泄寂寥不平。

* 李贽（1527—1602）：明代思想家、文学家。字宏甫，号卓吾，别号温陵居士、百泉居士等。李贽一生以儒家叛逆者自居，极力批判程朱理学，主张革新，不惜剃发以示“离经叛道”的决心。万历三十年，明神宗下令逮捕李贽，同时禁毁其著作，李贽割喉自尽。

* 开青眼：魏晋诗人阮籍以青眼（正视）看值得敬重、喜爱之人，以白眼（斜视）看不喜欢的人。这里用来表示，有值得尊敬的客人拜访便兴高采烈，同下句“无人”时的寂寥构成鲜明对比。
* 凉月：秋天的月亮。
* 客久翻疑梦：在异乡生活久了，仿佛做了一场梦。翻，反而，表转折。
* 整：整理。

軍軍2019

清凉

89

风雨杳无人至，开门静里生涯。

诗字蒲团经卷，烧香汲水烹茶。

食至三声鼓响，茶来半点经圆。

四众和云散去，只留明月阶前。

——明 / 雪浪洪恩 /《冶父山居》

冶父山位于今安徽庐江县境内。雪浪禅师曾在此山居住修行，并以《冶父山居》为题写下一组六言绝句，记录卜居山林的悠然趣味，此为其中二则。

* 雪浪洪恩（1545—1608）：明代华严宗高僧，法名洪恩，字三怀，号雪浪。曾住持南京大报恩寺，重修大报恩寺琉璃塔。诗篇佳作极多，被推为明代第一诗僧，有《雪浪集》。

* 食至三声鼓响：佛教寺院制度规定，僧人用茶、用斋时都需击鼓，用斋敲鼓三声，用茶敲鼓一声。

* 经圆：即“圆经”，指僧人诵完经文，结束仪式。

90

借得人家隙地，中藏几树梅花。
旋构数间茅屋，欲谈一卷楞伽。

屋后一湾流水，门前几点青山。
云去月来桥上，鸟啼花落林间。

——明 / 雪浪洪恩 /《望亭饭僧作》

雪浪禅师晚年归隐于吴中望亭（今江苏苏州望亭镇）。《望亭饭僧作》这组六言诗都是这一时期每日余暇信手偶得之作。

* 楞伽：即《楞伽经》，全称《楞伽阿跋多罗宝经》，亦称《入楞伽经》《大乘入楞伽经》，是中国禅宗最重要的经典。此处是对经书的泛指。

南無

91

曾虑多情损梵行，

入山又恐别倾城。

世间安得双全法，

不负如来不负卿。

——清 / 仓央嘉措 /《无题·其一》（曾缄译）

仓央嘉措是中国历史上著名的藏语诗人，其诗拥有多个汉译版本，而曾缄先生仿旧体七绝形式所作的译文尤其流行。为使译文符合七绝诗的格式篇幅，曾译并未完全忠实于原文，对句数、语序多有修改。比如本诗前两句是对仓央嘉措原诗内容的归结概括，末两句是曾氏自行发挥，为原诗所无，而今已成为脍炙人口的警句。

* 仓央嘉措（1683—1706？）：第六世达赖喇嘛，藏传佛教格鲁派（黄教）领袖，原名计美多吉协加衮钦，法名罗桑仁钦·仓央嘉措，意为梵音海。仓央嘉措出生于门巴族家庭，门巴社会风气宽松，男女自由恋爱，仓央嘉措本人在十五岁前过着世俗生活，对此耳濡目染。其家族世代信仰藏传佛教宁玛派（红教），与严禁僧侣接近女色的格鲁派不同，宁玛派并不禁僧侣娶妻生子。所以在被推为六世达赖后，身份与生活环境的巨变令这位年轻的活佛十分不适应，他常换上世俗服饰到市井玩乐，或邀请青年男女同自己宴饮玩乐。西藏地区广泛流传着他的恋爱故事。而佛法戒律同浪漫天性之间的矛盾冲突也成为仓央嘉措诗歌中最为常见的主题。

* 梵行：清净的行为。指出家人符合佛教戒律生活方式。

92

但曾相见便相知，

相见何如不见时？

安得与君相诀绝，

免教辛苦作相思。

——清 / 仓央嘉措 /《无题 · 其二》（曾缄译）

仓央嘉措的诗歌大多使用排偶句式，即每两句为一意，两列相互排比。曾缄改译时并未严格参照原诗章法，而是按照绝句格式重组内容，使四句分别具有起、承、转、合功能。比如本诗便以反问语气替代原作的排偶。

歡喜

93

听尽卖花声，碧树无情。蔷薇娇软堕红轻。
三月江南春似海，化作愁城。

时节换朱明，少雨多晴。夕阳天际暮山横。
小院东风门不掩，啼老流莺。

——清 / 弘伦 /《浪淘沙》

本篇以惜春为主题，表达了词人于暮春时节，被卖花声勾起的送春的惆怅。

* 弘伦：清初僧人。俗姓徐，名孝均，号荆溪僧。个性通透洒脱，喜戴白帽，有“伦白帽”之称。阳羡词派成员。笔下较少禅理说教，多表现世俗题材，风格明丽。著有《泥絮词》。
* 坠红：指落花。
* 朱明：指夏天。
* 老：疲惫，衰弱。

94

秋林无静树，叶落鸟频惊。

一夜疑风雨，不知山月生。

松门开积翠，潭水入空明。

渐觉天鸡晓，披衣念远征。

——清 / 屈大均 /《摄山秋夕作》

《摄山秋夕作》是屈大均最出色的山林诗。摄山即今江苏南京栖霞山。顺治十六年，屈大均为避清兵追捕匿藏于此，其间写成这首五言律诗佳作。一般僧人作此类诗句，往往强调山林之幽静，而屈大均之诗却处处都在描述山林的不平静，读来别具趣味。

* 屈大均（1630—1696）：清初诗人、学者、反清志士。本名邵龙，字翁山，又字介子，号莱圃、非池等，广东番禺人。顺治七年（1650），因不满清廷强行“剃发令”，愤而削发为僧，云游避祸，同时积极联络反清志士，力图推反清廷。吴三桂起兵反清时曾投身麾下，不久失望辞归。诗作成就与陈恭尹、梁佩兰并称“岭南三大家”，又有“广东徐霞客”之誉。雍乾时期，著作多遭禁毁，后世辑有《翁山诗外》《广东新语》等书。

* “松门”句：此句为“开门松积翠”倒装，意为推开门见到松柏浓密青翠。

* “潭水”句：潭水与天光相接，清澈明朗，直入眼帘。

* 天鸡：传说中天上报晓司晨的鸡。

* 远征：远行。屈大均自顺治九年（1652）开始为反清奔走四方，此时稽留南京，接下来还将前往山东、河北等地，故有此说。

95

偶为看山出，孤舟向晚停。
野梅含水白，渔火逗烟青。
寒屿融残雪，春潭浴乱星。
何人吹铁笛，清响破空冥？

——清 / 宗渭 /《横塘夜泊》

本诗描写早春时节江南水乡温柔静谧的夜景。横塘是江南常见地名。本诗写苏州的横塘笔触清丽，玲珑隽永。

* 宗渭：清初诗僧，字绀池，号芥山，又号芥舟、华亭船子。生平失考。有《绀池小草》。
* 横塘：地名，指苏州古城西南横塘镇。
* 向晚：靠近夜晚，指天色将黑。
* 野梅含水白：梅树临水而生，白色的花瓣映在茫茫水光之中。
* 渔火逗烟青：指江上炊烟跟渔船灯火相映成趣。
* 寒屿（yǔ）：孤岛。
* 空冥：空中，天空。

96

频年游子唱骊歌，

杨柳其如送别何。

毕竟不知攀折苦，

长条更比去年多。

——清 / 悟霈 /《柳枝词》

柳枝词是旧时乐府诗的一种，内容多为借咏柳写送别。风格类民歌，朴素明快，在中唐之后十分流行。

* 悟霈（pèi）：清中期诗僧。本姓黎，字古岩，丹徒（今属江苏镇江）人，乾隆年间为云门寺住持。有《击竹山房集》。
* 频年：连年。
* 骊（lí）歌：泛指关于离别的诗词歌曲。
* 杨柳："柳"与"留"谐音，古人分别时有折柳条相送之风俗，以示依依不舍。

97

金陵有一僧尝作打油诗四十首，命其集曰《牛山四十屁》，中有一首云：

春叫猫儿猫叫春，
听他越叫越精神。
老僧亦有猫儿意，
不敢人前叫一声。

莫谓是打油诗，其笔甚峭，不可及也。

——《履园丛话》（节选）

98

海角天涯走一遭，

算来只有住山高。

昔年羊肉街头过，

也曾惹得一身臊。

——清 / 志明和尚 /《牛山四十屁》（节选）

志明和尚，生平不详，据传为明末遗民，清入关后出家为僧，居于南京牛首山，自号“混账行子”“老实泼皮”。《牛山四十屁》是其所作的打油诗集，全本今已不存。清代小说家蒲松龄《聊斋志异》中对此有简短描述。

99

交流四水抱城斜，

散作千溪遍万家。

深处种菱浅种稻，

不深不浅种荷花。

——清 / 阮元 /《吴兴杂诗》

吴兴（今浙江湖州）位于太湖南岸，水系纵横，风景秀丽。本诗描写的便是这里的水乡风光，自然直白，朗朗上口，风味近于民谣。

* 阮元（1764—1849）：清代学者。字伯元，号芸台、雷塘庵主等，江苏仪征人。乾隆时期进士，官至体仁阁大学士、太傅。于书法、金石学、佛学皆有研究，同诗僧借庵等相交甚密。撰有《揅经室集》等。

* 四水：指苕溪、霅溪、苎溪、吴兴塘，属于太湖水系。吴兴是此四水交汇之地。

軍軍2017

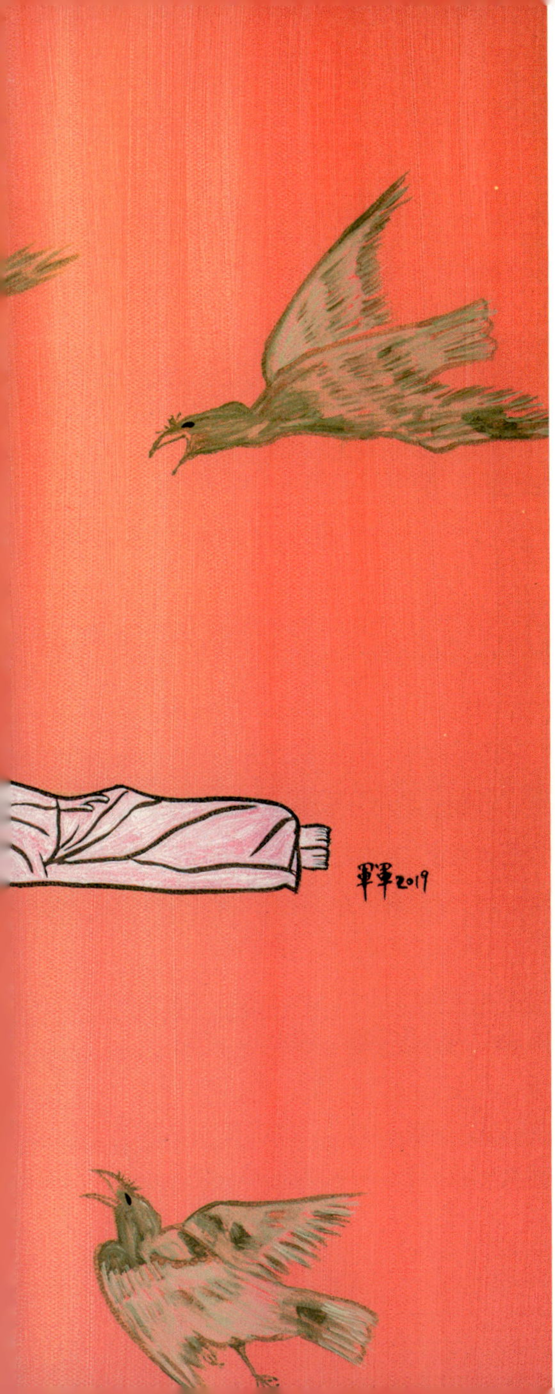

近代

晚清以降，诗僧寥落，其文学风格也再度转型。这一时期的僧人诗作中少见鼓吹隐逸之趣，或追求开明通达，顺机而变，或融革命情怀与家国之痛于笔端，呈现出前所未有的新气象。

100

垂钓板桥东，

雪压蓑衣冷。

江寒水不流，

鱼嚼梅花影。

——清 / 释敬安 /《题寒江钓雪图》

《寒江钓雪图》是中国传统画作的经典题材，画意取自唐代柳宗元的诗句“孤舟蓑笠翁，独钓寒江雪”，画面往往着重表现雪景寒天的静、寂、孤、独。而本诗以一句“鱼嚼梅花影”，从寒冷压抑中写出一段活泼生机，别有境界。

* 释敬安（1851—1912）：清末民初高僧。俗姓黄，名读山，法名敬安，字寄禅，别号八指头陀。湖南湘潭人。十八岁出家，晚年为浙江宁波天童寺住持。辛亥革命后，当选为中华佛教总会会长。曾跟从晚清文学家王闿运学诗，绝句颇多佳作。有《八指头陀诗集》。

101

流水不流花影去，
花残花自落东流。
落花流水初无意，
惹动人间尔许愁。

——清 / 释敬安 /《流水》

光绪二十八年（1902），释敬安正式就任天童寺住持。据传一次因睹流水而心有所悟，写作此诗。

* 尔许：如此。

2019

102

君子之交，其淡如水。

执象而求，咫尺千里。

问余何适，廓尔亡言。

华枝春满，天心月圆。

——近代 / 弘一法师 /《“君子之交”偈》

弘一法师（1880—1942），原名李叔同，生于天津，曾留学日本，入同盟会。归国后积极推动美术和音乐教育革新。1918 年出家为僧，法名演音，号弘一，后被尊为“弘一法师”。本偈为其临终遗作。

* 执象：执着于事物的表面现象。
* 何适：去往何处。适，去。
* 廓尔：空阔的样子。
* 华枝：花枝。华，通“花”。* 天心：天空中。

103

契阔死生君莫问，
行云流水一孤僧。
无端狂笑无端哭，
纵有欢肠已似冰。

——近代 / 苏曼殊 /《过若松町有感示仲兄》

本诗写于 1909 年春，当时苏曼殊自上海赴日旅居，住东京小石川。据传，苏曼殊青少年时代在日本留学期间曾同一日本少女相恋，但恋情为双方家长所阻，少女投海自尽，而若松町是少女生前居住过的地方。数年之后，苏曼殊故地重游，心有所感，写成此诗。

* 苏曼殊（1884—1918）：近代作家、诗人、翻译家。原名戬，学名元瑛，字子穀。出家为僧后，法号曼殊。祖籍广东香山县（今广东省珠海市沥溪村），生于日本横滨，1895 年削发为僧，1903 年正式受戒。早年曾参加革命团体，是文化革命团体“南社”的重要成员，同章太炎、鲁迅等人交游往来。与陈独秀一生相交莫逆，二人曾合作翻译雨果的名著《悲惨世界》。苏曼殊多才多艺，能诗擅画，在诗歌、小说等领域皆有成就，其诗在民国初期尤其受到新知识青年的欢迎。1918 年 5 月 2 日，病逝于上海。1927 年，柳亚子为其编有《苏曼殊全集》。

* 仲兄：指陈独秀。陈独秀（1879—1942），原名庆同，官名乾生，字仲甫。怀宁（今安徽省安庆市怀宁县）人。近现代革命家，新文化运动的发起人，中国共产党的主要创始人之一和党早期主要领导人。陈独秀在日本留学期间同苏曼殊结为挚友，曾指导苏曼殊的诗歌创作。

* 契（qiè）阔：出自《诗经·邶风·击鼓》：“死生契阔，与子成说。”原意为离合聚散，这里指男女之间的山盟海誓，生死相许。

妙樂
2020

104

海天龙战血玄黄，

披发长歌览大荒。

易水萧萧人去也，

一天明月白如霜。

——近代 / 苏曼殊 /《以诗并画留别汤国顿》

1903 年，苏曼殊在日本加入为抵抗沙俄侵略中国东北的“拒俄义勇队”。但此事遭到家人反对，断了其学费与生活费，苏曼殊被迫辍学回国。此诗便写于离日归国前夕。

* “海天”句：典故出自《周易》：“龙战于野，其血玄黄。”指当时中国处于帝国主义侵略下，山河破碎，战火频仍。

* “披发”句：指归国前夕，诗人忧心时局，长歌当哭。

* 易水：在今河北省西部。战国末年，荆轲将入秦行刺秦王，燕太子丹在易水边与之饯别。席间荆轲歌曰：“风萧萧兮易水寒，壮士一去兮不复还！”

105

丈室番茶手自煎，

语深香冷涕潸然。

生身阿母无情甚，

为向摩耶问夙缘。

——近代 / 苏曼殊 /《本事诗 · 其二》

1909 年，苏曼殊邂逅日本艺妓百助太夫，二人互生情愫。后来苏曼殊将这段感情经历写成《本事诗》十首，本诗是其中第二首。百助被父母卖入娼门，而苏曼殊同样身世坎坷。其父为广东茶商苏杰生，与一日本女子私通生下苏曼殊。产后三月，生母便改嫁他人。五岁后被父亲带回中国，备受嫡母歧视虐待。本诗描写二人互诉身世，彼此安慰时的情景。

* 番茶：一种中低端的日本绿茶，以迟采摘的茶叶焙制。

* 摩耶：指释迦牟尼的生母摩诃摩耶。

* 夙缘：前生而来的缘分。

106

乌舍凌波肌似雪，
亲持红叶索题诗。
还卿一钵无情泪，
恨不相逢未剃时。

——近代 / 苏曼殊 /《本事诗 · 其六》

本诗是一首分手诗。苏曼殊同百助相恋数年，但碍于苏曼殊的僧人身份，二人最终黯然分手。从 1909 年到 1914 年，苏曼殊为这段感情写了近二十首诗，多以爱情与佛法之间不可调和的矛盾为主题，而本诗便是其中最著名的一篇。

* 乌舍：印度神话中的朝霞女神。此处借指百助。
* 凌波：出自曹植《洛神赋》“凌波微步”，喻美人步履轻盈。
* “亲持红叶”句：典出唐代传奇，诗人顾况因一片题诗的红叶与宫女结缘。这里比喻百助的痴情。
* “还卿”句：化用自唐代诗人张籍名句 ：“还君明珠双泪垂，恨不相逢未嫁时。”

107

日本尺八与洞箫少异，其曲名有《春雨》者，殊凄惘。日僧有专吹尺八行乞者。

春雨楼头尺八箫，
何时归看浙江潮？
芒鞋破钵无人识，
踏过樱花第几桥。

——近代 / 苏曼殊 /《本事诗 · 其九》

本诗是《本事诗》组诗的第九首，也是苏曼殊最受人喜爱、影响最大的一首诗。前二句写故国之思，后二句写飘零之感。对身世的感怀与乡愁浑然交织，又不着痕迹，回味无穷。

* 尺八：中国传统笛箫类乐器，因长一尺八寸，故得名。在唐宋时期传入日本。
* 浙江潮：即钱塘江潮。

108

山寺微茫背夕曛，鸟飞不到半山昏。

上方孤磬定行云。

试上高峰窥皓月，偶开天眼觑红尘。

可怜身是眼中人。

——近代 / 王国维 /《浣溪沙》

本词历来被奉为《人间词》中的上乘之作。1905 年夏，王国维回海宁省亲，一次暮登硖石山，写成这首《浣溪沙》。

* 王国维（1877—1927）：近代著名学者，字静安，号观堂，浙江海宁人。著有文学批评专著《人间词话》。

* 微茫：模糊、隐约。

* 曛：落日余光。

* 上方：指寺庙。

— 全文终 —

绘者 —— 胡军军（常观）

当代艺术家，诗人。

1971 年生于中国上海，浙江绍兴人。

二十世纪九十年代混迹北京，从事诗歌绘画创作，1995 年获刘丽安诗歌奖。

1998 年移居纽约八年，2006 年回上海定居至今。

自 2015 年起创作《涅槃》系列，以绘制佛像为弘法心愿。

曾举办“山外有山”“常观无常”“涅槃本色”“涅槃天下”等绘画展览。

出版作品：

《生来破碎》《涅槃之旅：一场最深情的生死追问》

佛系：中国人的生活智慧

产品经理｜马　宁　　装帧设计｜余　雷　　责任印制｜刘世乐
产品总监｜余　雷　　技术编辑｜顾逸飞　　出 品 人｜路金波

图书在版编目（CIP）数据

佛系：中国人的生活智慧 / 果麦编；胡军军绘 .— 西安：三秦出版社, 2021.5

ISBN 978-7-5518-2394-4

Ⅰ.①佛… Ⅱ.①果… ②胡… Ⅲ.①古典诗歌-诗集-中国 Ⅳ.①I222

中国版本图书馆CIP数据核字(2021)第080705号

佛系：中国人的生活智慧

果麦 编　胡军军 绘

出版发行　陕西新华出版传媒集团　三秦出版社
社　　址　西安市雁塔区曲江新区登高路 1388 号
电　　话　（029）81205236
邮政编码　710061
印　　刷　北京盛通印刷股份有限公司
开　　本　787mm×1092mm　1/32
印　　张　7.25
字　　数　110 千字
版　　次　2021 年 5 月第 1 版
　　　　　2021 年 5 月第 1 次印刷
印　　数　1—12500
标准书号　ISBN 978-7-5518-2394-4
定　　价　58.00 元

网　　址　http://www.sqcbs.cn